CREATOR STORY
创 想 者

创想 THINK 编

凤凰创想　南京江北新区产业技术研创园　出品

江苏凤凰文艺出版社
JIANGSU PHOENIX LITERATURE AND ART PUBLISHING

创新
创意
创未来

Innovation
Creation
Make the Future

目录 Contents

第一章 匠心

002　创业就是向死而生
江苏集萃智能制造技术研究所有限公司董事长 骆敏舟

006　憧憬民族企业未来
基蛋生物科技股份有限公司董事长兼总经理 苏恩本

009　中国汽车智能芯片行业里的行动派
南京芯驰半导体科技有限公司董事长 张强

013　师者匠心的教育情怀
江苏知途教育科技有限公司联合创始人 廖君

018　走向世界的"东屋电气"
南京东屋电气有限公司董事长 闵浩

022　让建筑在现代与传统碰撞中尽显哲思
东南大学建筑学院教授 周琦

第二章 笃行

030 成于赤诚之"芯"
南京初芯集成电路有限公司董事兼副总经理 袁野

034 打造集成电路产业风向标
创意电子(南京)有限公司总经理 林建宏

037 品生医学的国产临床质谱梦
品生医学集团董事长 成晓亮

042 集成电路人才培养的新路径
南京集成电路培训基地主任 时龙兴

046 大健康产业的商业哲学
南京大学校董、迷你硅谷创新集团董事长、
中瑞共生产业投资控股集团(香港)董事长 刘瑞宸

052 见证中西方金融战略发展
南京银行副行长 米乐

第三章 先机

060 用"芯"连接未来
南京芯视元电子有限公司董事长 何军

066 让信任更简单
南京壹证通信息科技有限公司董事长 马圣东

069 能所未能,见所未见
南京微纳科技研究院院长 汪远

073 甘做科技转化成果的桥梁
南京智能制造软件新技术研究院院长 李俊

077 创业道路上的布道者
江苏瑞银产业集团董事长 李明目

第四章 后发

084　敬畏资本，从优秀到卓越
兰璞资本创始人 黄节

088　布局人才培养生态链
龙芯中科技术股份有限公司教育事业部总经理 杨昆

094　打造产业互联网一站式保障平台
南京大麦传媒科技有限公司创始人 仓翰林

097　工业空调领域的低调"冠军"
南京天加环境科技有限公司董事长 蒋立

101　亲笔书写互联网票据的神话
同城票据网创始人兼 CEO 曹石金

第五章 革故

110　被金融"耽误"的科学家
含元资本董事长兼 CEO 胡煜

114　改变一个行业，改变一个现状
江苏长三角智慧水务研究院有限公司院长 刘敏

117　立根原在破岩中
焦点教育科技有限公司董事长 唐焱

122　探寻更科学的保险之路
新一站保险网董事长 国婷丽

126　用互联网+改变传统社会治理
　　　南京松果网络科技有限公司董事长 魏正茂

132　不安分的创业基因
　　　南京懂玫驱动技术有限公司董事长 孙敏

138　奶爸的体育强国梦
　　　英士博集团 CEO 程凯

142　培育创新人才生态
　　　北京航空航天大学计算机学院副院长 高小鹏

第六章 鼎新

150　执着于"芯"
　　　南京芯视界微电子科技有限公司董事长兼CEO 李成

156　让技术应用产品，科技融入生活
　　　南京嘉翼数字化增材技术研究院院长 李进

160　中国安全与应急产业的拓荒修行
　　　安元科技有限公司创始人兼董事长 王三明

164　用技术打造服装全渠道新零售
　　　南京吉汭泰网络科技有限公司董事长 庄稼

170　关于酒吧文化的奇思妙想
　　　酒吧经营者 IAN

173　踏梦前行，心向艺术
　　　新锐青年艺术家 露莎

第七章 报国

180 改变中国芯,不改中国心
南京中感微电子有限公司董事长 杨晓东

186 填空中国
南京楚航科技有限公司 CEO 楚詠焱

192 探索大数据的星辰大海
江苏鸿程大数据技术与应用研究院董事长 黄宜华

196 始终保持奋斗者的本色
江苏集萃新型药物制剂技术研究所所长 仝丹毅

199 无线射频技术的攀登者
南京齐芯半导体有限公司 CEO 张珍瑜

第八章 济世

208 从基因学科学家到科创家的蜕变
江苏集萃药康生物科技股份有限公司董事长 高翔

211 解密人类生命健康密码
上海南方基因科技有限公司董事长 金维荣

216 医疗大数据领域的一匹黑马
南京医基云医疗数据研究院院长 何新军

219 中国制药征途上的"分子建筑师"
南京合巨药业有限公司创始人 潘国骏

224 唯专研方能行稳致远
南京鼓楼医院肿瘤中心主任 刘宝瑞

序言 Preface

2015年6月27日，南京江北新区成为中国第13个、江苏省唯一的国家级新区。作为承接"一带一路"、长江经济带两大国家战略的重要平台，国家赋予江北新区"三区一平台"的战略定位，即自主创新先导区、新型城镇化示范区、长三角地区现代产业集聚区、长江经济带对外开放合作重要平台。

江北新区立足国家战略定位和自身产业禀赋，提出打造"两城一中心"的发展目标，即芯片之城、基因之城和新金融中心；极力推动创新能力流动集聚，推动集成电路和生命健康产业问鼎国际领先水平，世界知名大学、科研机构纷纷进驻江北，合作项目纷至沓来。

江北新区，承载了国内顶尖的核心竞争力，也承载着世人关于城市发展的畅想。

城市的发展靠人才，有什么样的人才，城市就有什么样的竞争力，有什么样的未来。江北新区推出系列人才新政，全力构建金字塔尖到塔基的全方位人才政策体系，让更多创业者在这片热土播下梦想的种子。

5年来，江北新区汇聚了来自各行各业的精英翘楚，他们满怀希望，以澎湃的热情勾勒着宏伟的目标；他们心怀理想，以经验与理念创新商业模式；他们肩扛责任，用科学与技术提升中国产业格局；他们锐意进取，将行动化作无畏的尝试与拼搏。他们在生命健康、创新金融、集成电路设计、智能制造研发、大数据云计算人工智能等领域，成就斐然。他们在自我奋斗的路上，找到了人生的价值和使命。

对于创业者而言，这是最好的时代。对于中国来说，他们是开创未来的先驱者。

以时代为号，以创业为歌。这本书记载了过去，同样也写明了未来。书中展现的江北新区优秀创业者的风采，深刻剖析创新创业者锐意进取的故事，就是对这个时代最好的解读。

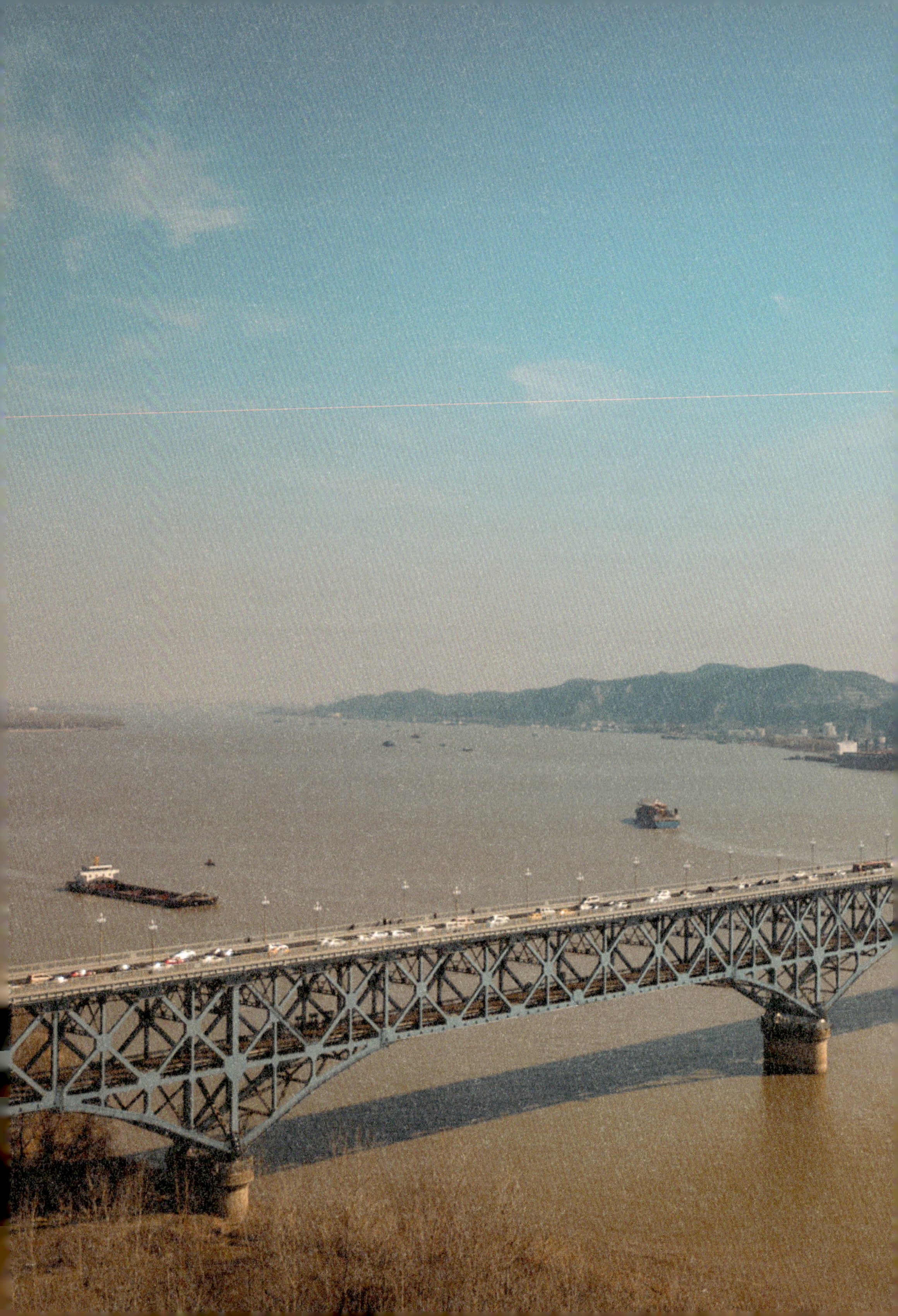

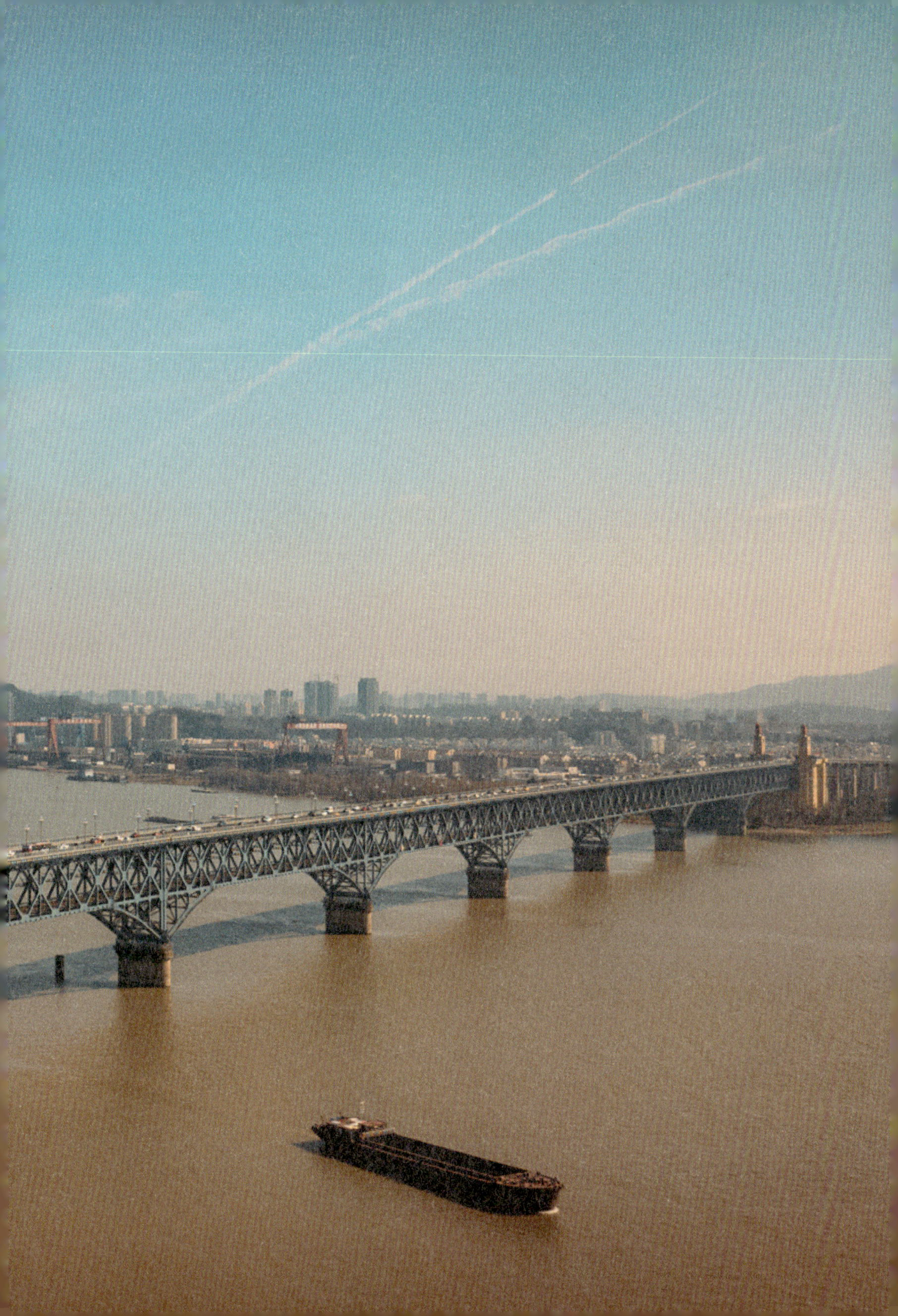

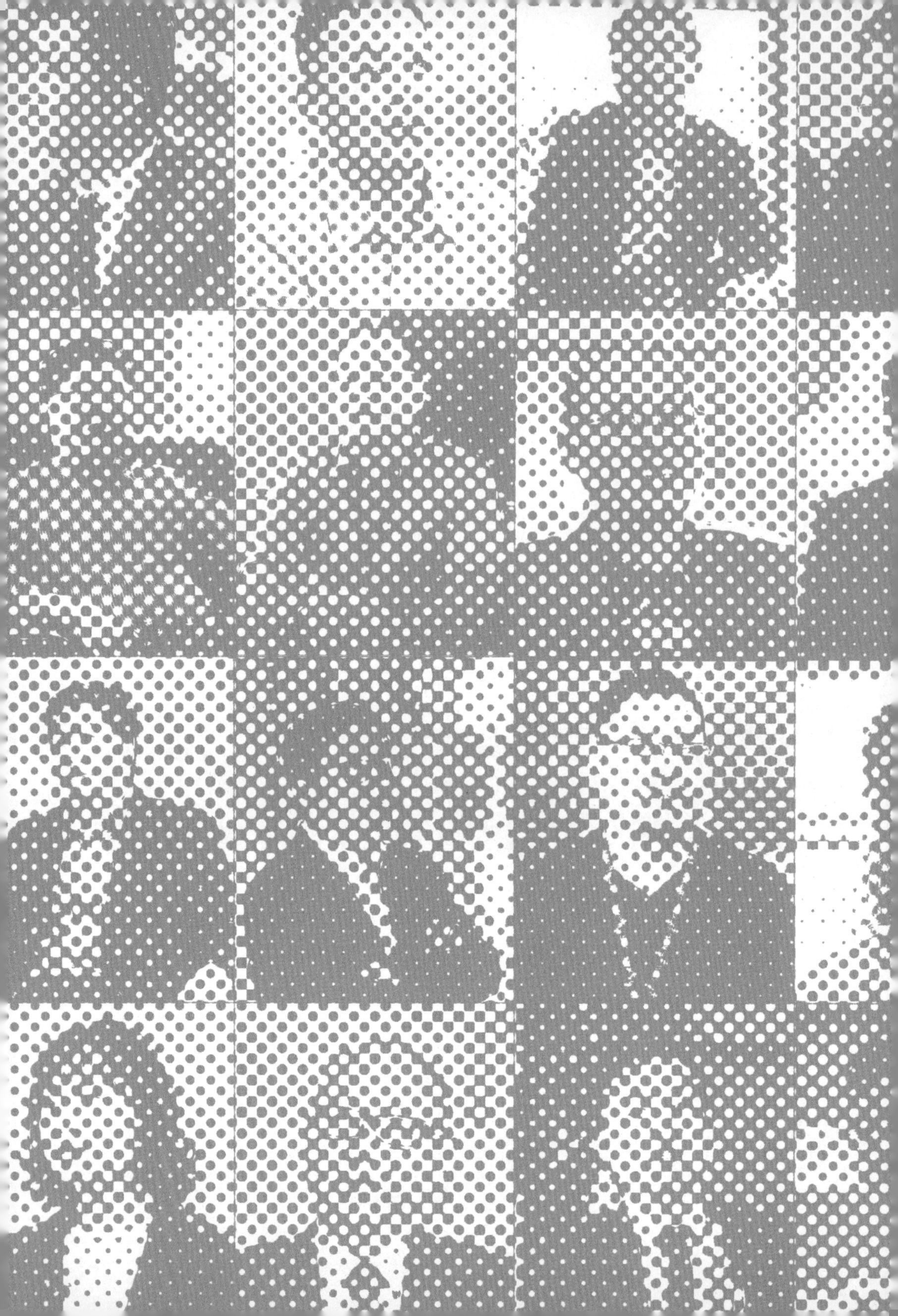

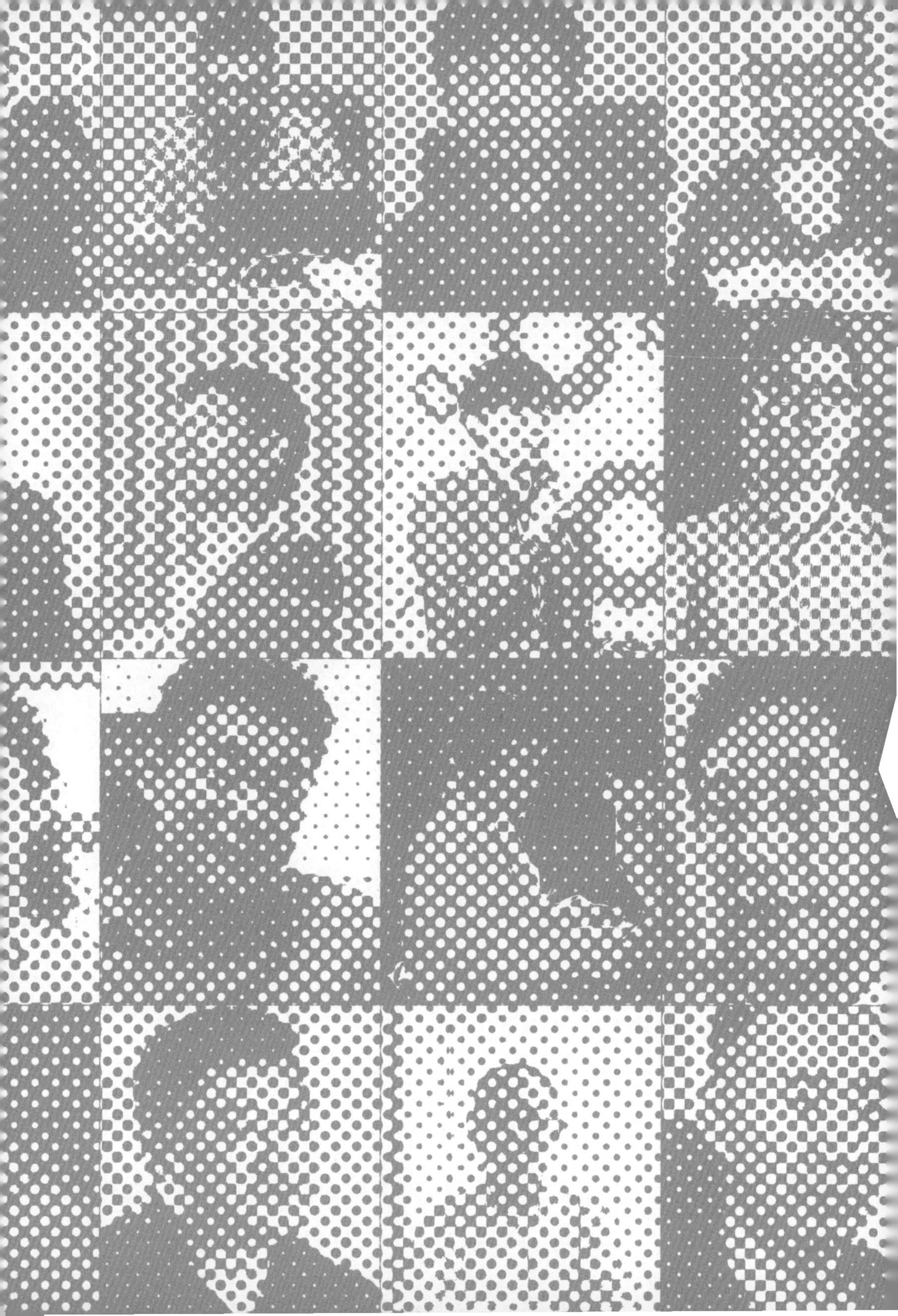

匠
CHAPTER ONE
心

CREATOR STORY

一旦你决定好职业,就必须全心投入工作之中,你必须爱自己的工作,千万不要有怨言,你必须穷尽一生磨炼技能,这就是成功的秘密。

——(日)小野二郎

创业就是向死而生

江苏集萃智能制造技术研究所有限公司
董事长 骆敏舟

【一个人的一生，难免会经历坎坷失败。但是有信念的人，一定会坚持自己的理想，用信心、毅力去克服重重困难，从而获得事业上的成功。】

在大众创业、万众创新的时代背景下，在"中国智造2025"的理念指导下，一批批走在智能制造前列的创新创业人才无象征着中国制造业的未来。

江苏集萃智能制造技术研究所有限公司董事长骆敏舟就是其中一员。"为中国制造而生"，这是他创业的动力。

为中国智造而生

创办集萃智造三年有余，骆敏舟脸上一直带着黑眼圈。他自嘲说，黑眼圈是创业者的标志。

骆敏舟一身黑色羽绒服，衣领拉紧，贴住脖子，有如项圈。创业有压力，他也决绝，没留什么后路，虽谈不上毁家纾难，却也卖了房子。从体制中出走，下海创业者很多，如他这般决心却不常见。

创业第三年，始有轻型协作机器人，2019年10月推向市场，骆敏舟万千感慨："人生第一次做的不是样件，而是一个产品。"

骆敏舟还在中国科学院合肥智能机械研究所的时候，实验室里就有协作机器人，不是国产的，是丹麦的UR机器人。做自动化多年，在研究转化上也有成绩，骆敏舟动了心思：为什么中国不能自己制造协作机器人？

第一款协作机器人出世，有人形容它是"骆敏舟的心血，是他的孩子"。虽衔玉而生，集万千宠爱于一身，但它一出世即身处战场。此时，协作机器人国内品牌有大族、节卡、艾利特、珞石、同川、镁伽、麦荷、扬天科技、智昌、格力等，遑论还有UR、KUKA等一众国际品牌。

骆敏舟知道产品将要面临的竞争。知死，可知生。2020年，岂止是关键，说是生死攸关也未尝不可。"做一个企业很难，可能要花10年时间。但毁掉一个企业容易，几个月就倒闭了。"

艰难如此，为何要做？

他说，一为市场，二为产业。市场很大，却刚起步，尚需培育。产业方面，应中国生产制造智能化改造升级的需求，工业机器人需求旺盛，占全球市场份额的1/3，是第一大工业机器人的应用市场。

做市场，就是做产业。

有行业人士指出，协作机器人还没有完全兴起，更有高达八九成的潜在客户。骆敏舟认可："应用场景还需发掘和培育，客户也是。"

向死而生是为生，骆敏舟生发信心。他给员工打气，也给自己："无论你之前做什么，现在都是为中国智造而生。"

把高端技术国产化

有人说骆敏舟"痴"，是机器人痴。

直系亲属上大学，在骆敏舟干预下，都选了自动化专业。他眼里只有机器人，这是他对未来的判断，看似强制干涉，其实是理性选择。

前两年，汽车产业下滑、电子产业乏力，受此影响，工业机器人需求一度大幅下降。一年多的调整，机器人产业正慢慢走出颓势。

本质上，协作机器人属于工业机器人的细分领域，侧重不同。除操作更简便之外，协作机器人更注重人机安全共存——更高的安全性，能和操作人员在同一条生产线工作，同时发挥人和机器的优势，产生1+1>2的效果。

自2008年UR公司推出世界上第一款协作机器人产品UR5以来，ABB推出Yumi，KUKA推出iiwa，安川的是Motoman，还有Fanuc的CR系列等，国际机器人公司都陆续研发出自己的协作机器人。

集萃智造研发轻型协作机器人Cobots，名字由collaborative和robot拼缀而成，学的就是UR5。

人机协作是工业机器人的一种趋势。协作机器人正慢慢渗透至各个工业领域，也是市场增长的驱动力。

"把高端技术国产化"，骆敏舟正在兑现早年间的初衷。说他"痴"，痴是执念，执念是一心。创业的各种压力，都因全身心投入工作。问他如何释放压力，对抗焦虑？他念叨，把事做好就行。

"四不像"企业的求生和使命

集萃智造是制造企业，也不止如此，骆敏舟称它是"四不像"，是公司，是研究所，也是公共服务平台，还要肩负引进优质人才与孵化高科技企业的使命。

如此定位，是责任使然，还有一目的，便是求生。

丹麦的UR机器人和美国波士顿的Rethink公司，同是协作机器人的先驱，先后发布协作机器人。10年之后，UR一直是协作机器人的领导者，Rethink却先倒下。

Rethink的问题出在技术到产品定义和使用场景的转化上，技术路线过于激进，与传统机器人的形态、结构和追求的指标都相差甚远，更无真实的使用场景。简而言之，它太超前。

从概念到技术，到产品落地，再到商业成功，千沟万壑，步步惊心。骆敏舟创业决绝，经营却稳健，布局妥当。他有多重准备：做孵化企业，引进人才、优质项目，是短期项目，三四人费心即可；无人清扫车、无人洗涤车，技术难度相对较低，可挣快钱；轻型协作机器人系列，是重点项目，已实现产品化。2020年，看起来已万事俱备。

从早到晚，骆敏舟羽绒服的领口从未拉开，紧紧围着脖子。他累了，趴在桌子上，想眯下眼，可员工不时进来，只好放弃休息，继续工作。他掌控企业，也被团团围住。

骆敏舟认为，轻型协作机器人系列一出世就进战场，并非坏事，自家珍藏总要拿出来比试，方知优劣。产品成熟，又恰逢市场回暖，正是好时机。在协作机器人应用上，除汽车市场，3C电子、教育等行业均增长迅猛；长期看，传统生产制造业需求更加旺盛，如服装衣帽等劳动密集型行业。

过去20年，互联网是颠覆者，也是重建者，深刻影响了国家产业经济和消费业态。过去10年，产业迭代迅速，不断有企业进入新能源、人工智能及基因科技等高新产业中，包括集萃智造。这些企业，成败得失，评价为时尚早，却是中国产业发展和升级的一个方向，一种探索。

本篇作者　小魁

憧憬民族企业未来

基蛋生物科技股份有限公司
董事长兼总经理 苏恩本

【以产品和客户为中心，不断扩增产品体系，提升产品品质，完善客户服务，这些都是客户可以真实感受到的。创业者正是用一种匠心精神在打造产品和营销服务，自然会迎来发展。】

医疗器械领域飞速发展的10多年间，在长期的临床实践中，传统医学检验模式越来越难以适应日益变化的临床诊断需求。

为打破体外诊断长期被国外垄断的局面，解决国人看病贵的问题，基蛋生物科技股份有限公司董事长兼总经理苏恩本博士萌生自主研发即时检验药剂POCT的想法。通过实现主要原料和核心部件的完全自产，他整合POCT产业供应链，进一步推动资源的优化配置，在实现全过程质量控制的同时，大幅降低生产成本，实现经济效益的最大化。

平衡垄断药品在国内的售价，打造一家行业竞争力上乘的民族企业，不断提高体外诊断技术水平，这是苏恩本博士创业的初心。

浴火凤凰涅槃重生

多年的从医生涯让苏恩本对生命多了一份敬畏与探索的冲动。他对生命的思考促使他不断研究医学技术，从而产生了致力于推动国家医疗领域发展的拳拳之心。

是兴趣，也是一份深藏于心的兴办民族企业的豪气壮举，让苏恩本开始创业。他持续不断深造学习，历时几年用工资补贴搞研发，直到稳定生产销售肌钙蛋白之后，研究经费与生活才得以勉强平衡。

原本蒸蒸日上的事业在2007年夏天遭受重创，一场大火湮灭了所有成果。在苏恩本萌生退意，打算回归医院再不提创业一事的时候，有三个员工不愿就此放弃研究，执意要跟随他继续创业。为了咬牙挺过最艰难的时刻，苏恩本将家里阁楼临时改造成实验室，就此保留下了微弱的火种。

苏恩本率领团队通过自主研发，掌握了基因工程技术、克隆抗体制备技术、小分子全合成技术等体外诊断产品生产技术，量级生产各类抗原抗体、生物活性原料、层析介质、质控品、校准品等常用原料，建立了胶体金免疫层析、荧光免疫层析、生化胶乳试剂、化学发光和诊断试剂原材料开发五大技术平台。

如凤凰涅槃重生，历经10余年技术积累，苏恩本当初小小的"研究思考"现已拥有授权专利50余项，为产品的更新迭代提供了强有力的支撑。

在时代高速发展的汹涌洪流面前，专注主营业务的同时，苏恩本加强与其他高新技术企业的合作共赢，通过强强联合，积极拓展产品线的延伸，开发其他检测领域。

时刻准备着整装待发

为了更好地实现创业理想，以创新研发产品为主要业务方向，苏恩本决定开始接受投资。

随着产品业务的快速发展，苏恩本急迫需要招揽更多高水准人才。同时，基蛋生物也受到江北新区多次邀请，最终被江北新区的诚心及其高科技发展的未来所打动。苏恩本将新的创业宏图落户江北新区，与之共成长，成为生物医药谷第一家本土上市公司。

企业发展越快，苏恩本付出的精力也随之增加。在家人的关心与自己考量下，苏恩本终究还是脱下了医生的白大褂，全身心投入到创业中。

"从接受投资开始，我就做好了三步走的计划。"苏恩本说，"第一步是企业产值过亿，第二步是三至五年上市。这两步目前已顺利完成，接下来第三步是分三个五年计划，将基蛋生物全面打造为有国际竞争力的跨国高科技民族企业。"

作为一个水平不错的业余围棋选手，苏恩本经常代表省会参加企业家围棋大赛。他说，创业与围棋有一点道理相通，都要具备对大环境的敏锐察觉力和运筹帷幄的深远谋算。

"创业之前要做好充足的准备。当然，在现代互联网时代，个人的零成本创业要熬，熬过来也许成功在望，但不熬肯定没有希望。"苏恩本理性地给出建议，"如果涉及团队创业，最好是从基层积累行业经验，历练一身出色的能力。最重要的是，创业者要经得起企业发展过程的高山与低谷，有毅力、有耐心、有信心。"

苏恩本有一个让人感动的创业理想，希望在他这一代，联合更多高科技企业筑起中华民族复兴的基石。为此，弃医从商的苏恩本一步一个脚印，时刻准备着整装待发。

本篇作者　莫敏玉

中国汽车智能芯片行业里的行动派

南京芯驰半导体科技有限公司
董事长 张强

【成大事者,专谋于业,而成于赤诚之心。我始终相信,精研技术,一定让中国汽车智能芯片更向前走一步。】

在如今的汽车行业，CASE（Connected、Autonomous、Shared & Services、Electric）的大潮一举涌来，汽车行业正在进入百年一遇的大变革时期。

在这个变革的时代，张强时刻关心着汽车半导体芯片行业的发展。他看到摩尔定律即将逼近物理极限，而人们对汽车智能科技的体验需求却日益增加；他预见到深藏其中的创业机会，也深知要达到世界头部企业水平，甚至在某些性能上做到超越，实属不易。

目前，全球汽车半导体产业链正在经历一场从下游市场力争上游机会的技术升级。南京芯驰半导体科技有限公司董事长张强坚持用"芯"定义未来，赋能智慧出行。他率领团队直切行业核心，专注高端市场和技术研发，挑战森严的技术壁垒，在芯片技术和产品研发上变革更替，逐渐打破国际巨头垄断市场的格局，推动中国汽车半导体芯片行业的升级换代。

行动派：创业与决心

2017年，全球汽车装配的半导体价值大约为384亿美元，预计10至20年内将增长3倍。张强判断汽车半导体芯片行业的春天就要来了，行业将涌现大量适配市场的新架构、新体验和对可靠性的更高需求。

在巨大经济回报的前景下，国际巨头纷纷加入并购热潮，而忽略了技术研发和产品革新。很多非汽车半导体公司也入局汽车芯片业务，非车规产品开始进入市场。在中国，汽车产销量占全球30%，但中国汽车芯片尤其是车规级处理器几乎是空白，严重依赖进口，中国自主创新的车规处理器市场亟待开发完善。

从事汽车电子行业和汽车半导体产业将近20年，面临如此行业现状，张强急迫想要做出改变。他依靠专业团队和资本市场，统筹全部资源力量去推动中国汽车半导体芯片技术和产品升级以及本地化。

"放弃安稳优越的工作环境去自主创业，是走出舒适圈的自我挑战，"张强说，"做企业的目的，一是希望做全球一流智能化产品，改善人们的生活；二是寻求变化，实现自我和团队价值。"

2018年，在"电动化、智能化、网联化、共享化"引领的汽车产业发展大趋势下，张强开始了半导体芯片行业的创业。挑战产业高峰，这跟他沉稳决断的个性有关系。半导体创业需要在市场经验和产品能力上有长期的积累，也正在那时，他规划了公司的发展方向——专注自主研发高可靠、高性能车规处理器芯片产品，打造拥有自主知识产权的核心半导体产品。

经验谈：技术与团队

汽车半导体行业人才在国内屈指可数。张强表示，行业升级的核心依赖于有量产化经验的创新研发团队，"我们特别尊重每一位研发人员，也努力给予其施展才能的平台。"

张强凭借20年芯片产品开发和市场经验，致力将芯驰科技打造成中国汽车智能芯片的标杆企业，力争成为全球智能驾驶芯片的领导者。

在2019年，芯驰科技成立不到一年时间，公司即通过了TUV莱茵ISO26262功能安全的国际认证，这是中国第一家获得此认证的半导体公司，也是全球第一家基于ISO26262最新2018版（新增半导体类目）而获得此证书的公司。

可靠性和安全性是未来无人驾驶技术落地的保障，在产品完全自主研发的基础上，张强坚持要求产品性能达到世界一流水平，而可靠性和安全性更要达到世界一流水平。从汽车自动驾驶和汽车驾舱系统核心处理器开始，张强团队研发的产品覆盖驾舱域、智能网关域和自动驾驶域，后续产品将覆盖汽车所有应用处理器，包括车身、电池控制、安全等系统。

将公司总部落户江北新区，张强理由有三：一是江北新区政府对产业布局的战略眼光，激励各行业的产业链合作；二是有集成电路产业服务中心扎实深厚的技术支持平台，吸引众多行业技术拔尖的团队，促进多方的技术互动；三是江北新区科技与人文的城市氛围，正是张强理想中宜居宜业的城市环境。

作为南京培育的独角兽企业之一，张强与其团队以其丰富的车规级芯片设计研发和市场经验，满足未来汽车电子化和智能化的需求；开发产品应对功能安全和使用环境有严苛要求的应用领域，为行业提供智能汽车核心芯片产品和系统级应用方案。

张强用国际视野去看待汽车半导体芯片的行业发展，以战略思维定位产品市场，为每一个将要上市的产品做足五年规划。在有力的资源整合下，产品全部自主创新和拥有自主知识产权，为汽车半导体芯片产业链提供可靠的核心处理器，填补国内产业空白，推动中国汽车乃至全球汽车产业的智能化变革。

这就是芯驰团队理解的创业和梦想的价值。适应艰苦的创业节奏，依赖于坚毅的决心。专注于设计和制造汽车智能驾驶芯片，着眼智慧城市、智能生活的长远目标，是张强内心生生不息的前进动力。

本篇作者　莫敏玉

师者匠心的教育情怀

江苏知途教育科技有限公司
联合创始人 廖君

【教育需要春风化雨，潜滋暗长，做人才培养的"花匠"，尤其需要有一颗"匠心"。】

在信息化、智能化发展的浪潮下，各行各业都在聚焦创新发展。这不可避免地要探讨新技术驱动的教育变革及人才培养模式，应用信息技术手段，持续提升教学质量和效率，建设有中国特色的教育新生态，推动新时代教育创新发展。

作为江苏知途教育科技有限公司联合创始人，廖君一直坚持整合教育和产业优势资源，以信息化技术助力创新教育教学，对接校企协同发展需求，创新人才培养模式。

回归最初的梦想

"我得承认，我是有教育情怀的人。"廖君微笑地说。

当年初出校园，懵懵懂懂，仅因为"东大"的公司名称，就开始长达12年的职业经历——廖君回忆当初还忍不住笑。一如她所说，因为教育情怀选择了有学院氛围的公司；也因为教育情怀，在面临人生事业转折点的时候，她选择回归最初的梦想，做教育。

廖君出身于教育家庭，自小教育基因的浇灌，让她对教育行业多了一份热爱与憧憬。

如果说，家庭教育让廖君学会为人处世的道理和百折不挠的心理承受能力，那么12年专注而拼搏的工作经历，不仅让她成为集团最年轻的副总裁，也让她成长为温柔且有决断力的事业型人才。

感恩于家庭与企业的培养，廖君在焦虑的职业瓶颈中冲破世俗重围，选择了创业。

信息化的推进，需要更多适应产业快速发展的高素质专业人才，这成为制约产业发展的关键性因素。廖君从中看到了教育创新的新方向。

她通过链接企业岗位技能需求，协助高校深度研发人才培养方案，构建适应教学实践的可持续教学信息化生态系统，促进以学生培养为中心的校企合作模式，从而有效解决了人才培养与企业产业岗位需求脱节的问题。

廖君说："这不仅是我创业的动力，也是我不断前进的信念。"

践行校企育人新生态

廖君组建的核心团队都是行业高精尖人才，他们在高校教育行业深耕20年，在专业人才培养、企业定向培养、校企合作共建等方面具有丰富经验。

廖君的教育理想致力于产教融合，推动学校在学科建设、专业建设、课程建设、人才培养等方面的发展；链接校企合作新形式，创新人才培养模式，深化教育模式改革，在应用型人才培养上提质增效，为企业及其生态系统培养和储备优秀人才。

她理想中的教育生态是产业技术研发技能知识，巧妙地融入人才培养方案；拥有深厚企业背景的师资力量参与进来，基于岗位技能产生知识。完善的人才培养方案能解决高校和企业的双重痛点，同样解决学生的创新就业以及创业过程的问题。

廖君与团队通过持续、有针对性地调研交流，更好地了解学生的就业需要，从理论知识、基础技能、实践能力、行业理解等不同维度帮助学生进行知识储备及能力提升，培养具备市场竞争力的应用复合型专业人才。

社会人才需求随着产业发展不断发生变化，也迫使高校的人才培养必须同步更新。作为行业领先的校企融合专业人才培养服务提供商，廖君的产品矩阵随时代应变，聚焦在云计算、大数据、人工智能等高科技产业领域；与众多知名企业建立合作关系，链接企业最新的应用技术，利用自身强大的科研团队将专业知识课程化、系统化，输出线上线下精品课程及实训案例，为社会个人和高校提供互联网+时代的人才培养解决方案与教育模式，打造课程研发、实训室建设、教师培养、学生就业的全方位产教融合生态链。

"在安逸生活和艰苦创业中选择后者，是挑战自我的价值。"廖君表示，创业是圆个人的教育梦，也是探寻教育产业的创新模式。这不仅需要坚实的工作经验，更需要选择有信念坚持到底的事业方向。

坚信创新人才模式能为教育产业带来革新，廖君描绘的蓝图是打造开放、分享、融合的创新型人才社区，探讨先进的教育思想，交流教育改革的发展经验。

本篇作者　莫敏玉

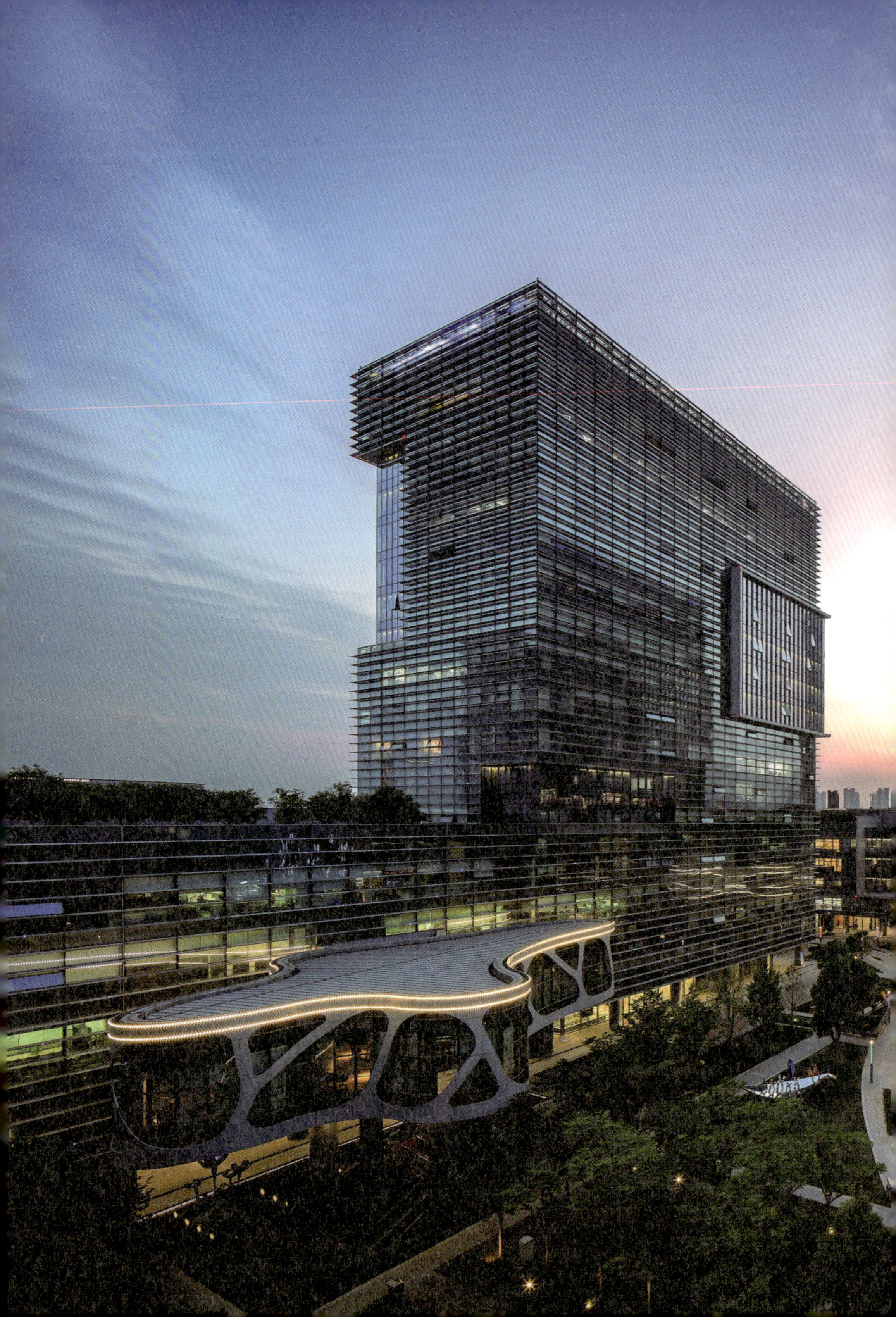

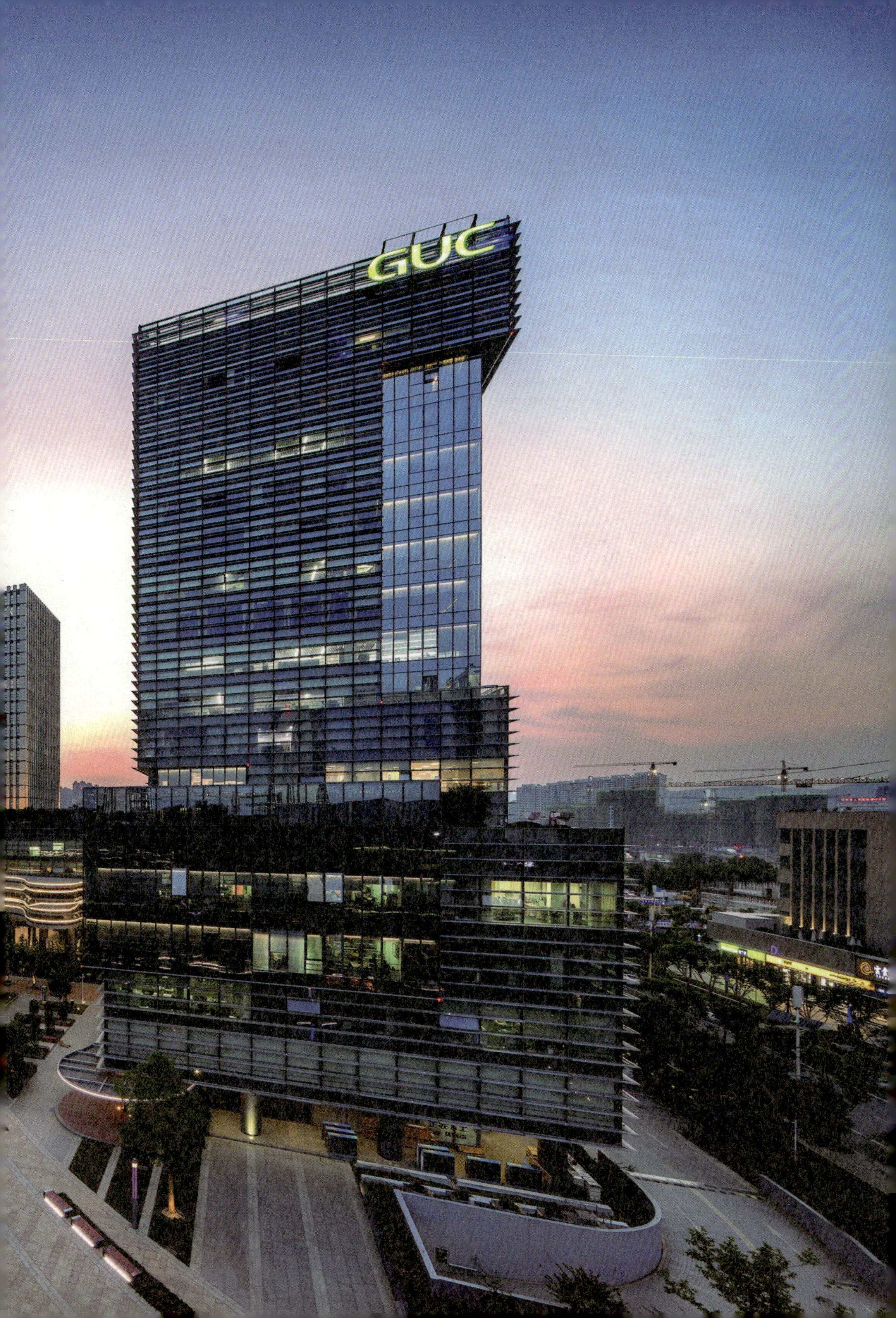
GUC

走向世界的"东屋电气"

南京东屋电气有限公司

董事长 **闵浩**

【失败是什么？没有什么，只是更走近成功一步；成功是什么？就是走过了所有通向失败的路，只剩下一条路，那就是成功的路。】

随着智能时代不断发展，智能制造技术的进步促使人们消费需求升级，智造行业涌现出一批工艺精湛、科技含量高的品牌和企业。其中智能锁行业正在快速发展和渗透到家居、金融与政府应用场景。

南京东屋电气有限公司创始人、董事长闵浩20多年来专注研发高安全锁具，凭借科技创新摸索与匠心追求，在高安全锁具这个精工细分领域，将中国制造转变为中国智造，实现了将中国产品转变为中国品牌，进而推向世界市场的转变。

从默默无闻到享誉全球，闵浩在高安领域用无数的奖状和超高市场份额，为中国高安技术打开了一扇通往国际的大门。

专注 29 年创新，站上行业巅峰

闵浩曾经因为对计算机的爱好而转身成为一个技术人员，他研发的计算机病毒防护网成为中国第一个被检察机构认证的软件。在一次机缘巧合下，闵浩开始了他的创业道路。

创业初期，闵浩犯了大多数创业新人都会犯的错误，跟风赚快钱，但企业没有核心竞争力。错误的投资差点让辛苦三年的成果付诸东流，沉痛的教训让闵浩清醒过来，审视过去与现在，在身负外债的情况下重新规划未来。

即使在最艰难的时刻，闵浩也没有放弃过创新研发，因而以世界第一家智能锁的绝对优势打破僵局，让企业起死回生。

"创新研发是企业发展的立足点。"闵浩强调，"技术的绝对优势最多有三年。"

20世纪90年代初期，国内市场仿品丛生，市场达到相对饱和。为了拓展市场，闵浩尝试让高品质产品走出国门。但是，当时国际市场上中国产品因廉价、技术含量低而受到轻视。闵浩要做的，就是打破这种偏见，所以他选择另辟蹊径，逆流而上，进军行业门槛高、对技术要求极其严苛的安防行业。

在备受垄断的市场里，与掌握核心技术的外国企业一较高下，闵浩不断输出优质产品的同时，坚定地走产品权威认证的道路。UL认证，就是美国市场的一块敲门砖。闵浩根据要求设计样品申请认证，却因为偏见迟迟无法得到认证申请，通过行业内专业人士不断介绍与搭桥，甚至应允一次性付清所有认证费用的苛刻条件，才得以以中国企业的身份取得美国UL认证资格。

在产品未认证的过去，闵浩以产品质量和技术的绝对优势获得行业人士的认可和签单。他的产品跟外企产品卖一样的价格，甚至定价更高。

即便认证过程艰难决绝，闵浩依然拿下美国UL和欧洲CEN/VdS、美国军标MIL-STD-461G的认证。从不被国际市场认可的中国产品，到成为全球高安全锁具领域最具声誉的三家企业之一，闵浩用产品质量树立起了中国品牌。

闵浩希望用丰富的高安全锁具生产、制造经验，为消费者带来兼顾科技与安全的民用智能锁，让人们体验全新的智能生活。

让中国制造不仅仅是中国制造

做企业要有危机意识，时刻提醒自己，逆水行舟不进则退。这就要求企业家的承压能力足够强大，以乐观积极的心态去解决创业路上出现的种种问题。乐观主义者闵浩，对做企业自有一套不二法则，那就是专注与创新。

目前他的团队研发人员占总员工比重30%以上，每年销售收入的15%都投入到研发之中；坚持不断打磨产品质量、坚持不代工、坚持做中国品牌、坚持只做精品好锁，使科技创新的大量投入成为稳居市场高占有率的核心竞争力。

他们打造集生产、研发、销售、服务为一体的专业高安全锁具企业，秉承以客户为中心，以优质产品为基础的出发点，为客户提供优质产品和定制系统化解决方案。尽管价格偏高，但是销量却快速增长，每年销售额超预期增长。

"中小企业做品牌是很难的，成本高且时间久。"闵浩说，"但是辛苦树立起品牌IP之后，品牌的力量将带给中小企业更稳定的市场，而支撑品牌的后盾就是产品品质。"

闵浩是全国安全防范报警系统标准化技术委员会实体防护分技术委员会会员，是中国3C保险箱GB10409新国家强制标准中高安全锁具标准的主起草人。他时刻衡量企业不可替代的核心优势，具备长远的发展眼光，努力让中国安全标准与国际安全标准比肩，推动行业标准向上提升。

拥有全球战略眼光的闵浩，用行动为中国品牌铺路搭桥。他深信只有掌握核心技术，做大自主品牌，才能让中国制造不仅仅是中国制造。

本篇作者　莫敏玉

让建筑在现代与传统
碰撞中尽显哲思

东南大学建筑学院
教授 周琦

【建筑设计如同创业过程一般漫长且艰辛，不仅要有敏感的社会认知，还要了解行业与人们的行为需求，前瞻性的创造意识是这个行业生存的条件。】

中国城市化进程正处在一个剧变的时代。经历过大拆大建的30年，历史建筑在文化资源和经济资源间的夹缝中求生，城市化进程逐渐走进新建与改造并重的新阶段，这是每个国家经济体系发展到一定阶段所必须面对的问题。

周琦的建筑师、教授、学者三个身份，独立而互相影响，企图为城市的发展需求和人文情怀寻找一个平衡点，通过建筑专业设计解决整合资源的社会问题，让建筑在现代与传统碰撞中尽显哲思。

对建筑师的深度理解

"这是一个跨文化、跨国界、跨区域的人文学科，"周琦这样解释建筑设计师的身份，"建筑设计师是个人对建筑产生责任的职业，需要拥有超强的服务意识，将专业的力量转化为商业、学术及技术融合的行为。"

年轻时，他对中国传统建筑师尴尬地位的困惑，在一个个建筑实践与自我成长的思考中找到了答案。建筑是一门艺术，实用属性里包含人文情怀。建筑师需要用技术手段去还原理想的建筑，这就要求建筑师个人要有工匠精神与哲学思辨能力。

他认为，建筑承载了建筑师的情感与理想，历经时间的见证，将历史价值、文化意义留给世人。建筑是有情感的，建筑的创作过程，就是建筑师的内在素养被物化的过程，通过具体形式来表达情感的过程。城市中心建筑是兴奋、欢快的，博物馆建筑是宁静、诉说的，民居建筑是舒适、怡然的……建筑的魅力就在于其隐喻性和象征性，而这来自于观者的体验。

将科技与艺术糅合在建筑上，打动人的设计内容是首要的，形式反而是外在的结果。这样的建筑设计理念之所以能够付诸实践，周琦表示有赖于政策与客户的支持，以及背后反映出现代建筑学思维上的转变。

作为东南大学教授、建筑学博士(IIT)、国家一级注册建筑师、国际古迹遗址理事会会员(ICOMOS)、国际建筑科学院(IAA)教授，在建筑学领域，周琦将建筑设计看作是一门值得尊敬的手艺活，倡导建筑师在智能化与信息化的时代勇于迎接各种挑战。

在建筑设计领域，他荣获米兰国际设计奖金奖。周琦以教授与学者身份，主持完成10多个工程项目，主要包括高层及大跨度建筑、城市综合体、居住区等；修复近代建筑遗产保护项目40余项，出版相关著作6本，发表学术论文30余篇。

周琦说，建筑设计如同创业过程一般漫长且艰辛，要有敏感的社会认知，了解行业与人们的行为需求，前瞻性的创造意识是这个行业生存的条件。

因为热爱，所以深耕而不知疲倦。

感悟职业素养

多年来，周琦教授专注于建筑历史与理论等方面研究，在外国建筑历史与现代建筑理论、中国近代建筑研究与保护、建筑设计方法以及建筑形态学研究等方面有独特建树。

30多年的行业经验，周琦特别强调培养专业的职业素养，其中设计与创新便是职业生命中不可或缺的一部分。

他认为，建筑设计师的成功需要长期不间断地积累经验，需要从选择开始就扪心自问几个问题：首先要试错、知错，在这个过程中印证建筑设计是否真的是自己喜欢的工作；第二要将职业习惯融入到生活的点滴之中，所见即所得；最后是坚持修炼自身的职业素养，很好地融入新时代。

"埏埴以为器，当其无，有器之用。凿户牖以为室，当其无，有室之用。故有之以为利，无之以为用。"古老的《道德经》是周琦通读的重要哲学作品之一，这句话完美地阐释了建筑和空间的关系。每当他感到困惑的时候，他就会研读古代哲学的文章，在传统文化中感受强烈的心理碰撞和共鸣。

对目前所获得的身份、地位和荣誉，周琦是不知足的。推崇哲匠精神的周琦有着更远大的目标——建筑师从不是工匠，而是有远大抱负、富有人文情怀的工程师。

本篇作者　莫敏玉

CREATOR STORY

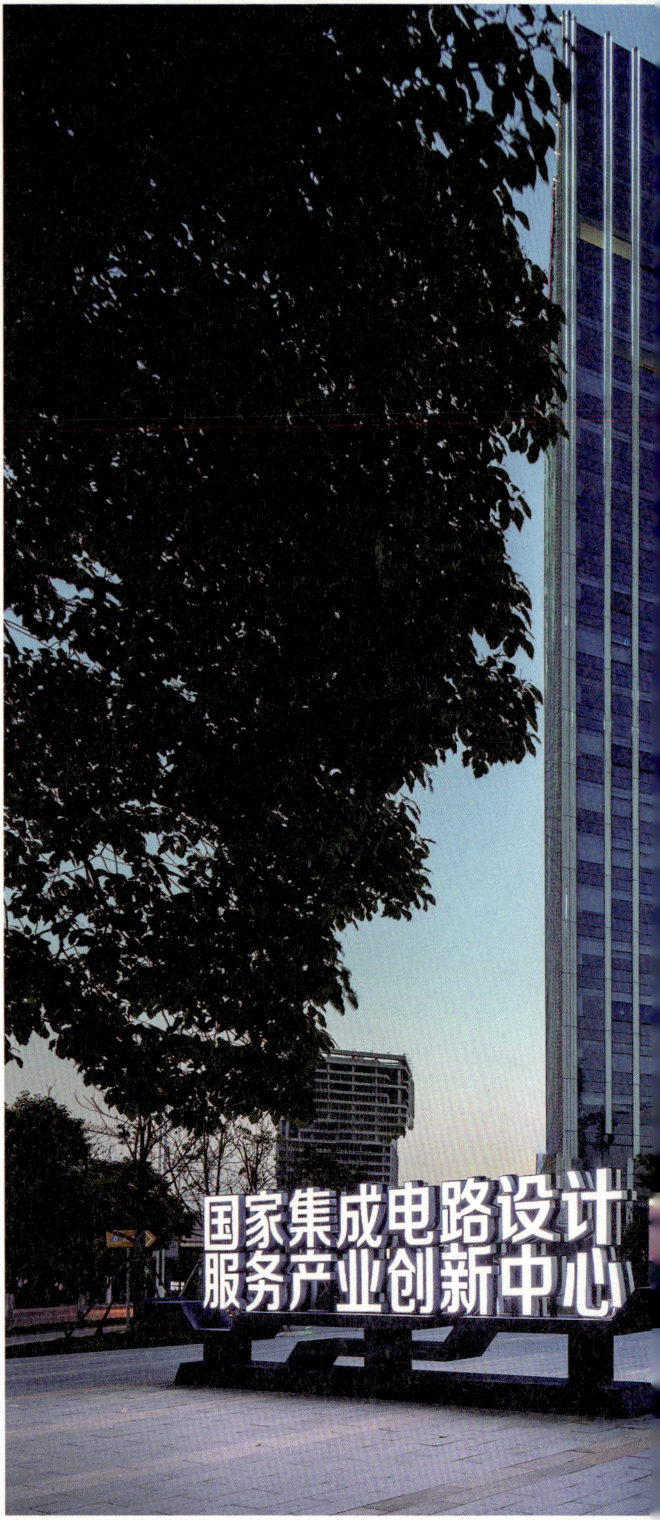
国家集成电路设计
服务产业创新中心

金融中心
CEIC 中国电科
腾飞大厦
扬子江生态文明创新中心
Yangtze River Innovation Center
For Ecological Civilization

笃行

CHAPTER TWO

我一直重复同样的事情以求精进,总是向往能够有所进步,我继续
向上,努力达到巅峰,但没人知道巅峰在哪。

——(日)小野二郎

成于赤诚之"芯"

南京初芯集成电路有限公司
董事兼副总经理 **袁野**

【敢拼，敢干，是迈向成功的第一步。即使面临失败，我们也有信心从失败中总结经验，找到成功的入场券。】

作为现代信息行业的核心产品，OLED 是新一代显示屏中不可缺少的元件，是电子行业如消费电子、汽车电子、穿戴设备等行业终端领域发展的基础。中国大陆地区和韩国是OLED面板的主要生产区和消费区域。

在"中国制造2025"和工业4.0的背景下，中国OLED行业具备了一定的研发及行业化能力。袁野所在南京初芯集成电路有限公司作为目前国内屈指可数的可向韩国知名OLED制造商提供样品的公司，将围绕高端产业生态及自主可控的发展机遇，进一步发挥团队及技术应用优势，力争成为其第一供应商。

袁野熟知产品在韩国地区的销售模式，以及负责产品设计研发和项目的实施、运营及市场推广，从集成电路芯片设计到生产产能衔接，保障了芯片生产的产能创新。他的团队在eSRAM-SDM等相关集成电路领域展开深度的长期战略合作，力促南京集成电路产业实现高质量发展。

失之东隅，收之桑榆

少年袁野在求学道路上深刻体会了一句古训，"失之东隅，收之桑榆"。原本规划好一切去日本深造，却因为种种原因被拒签，这让袁野措手不及，这是他与家人都始料未及的。拼命努力却因不可抗力而无法实现目标，袁野很是消沉了一段时间。想要证明自己能力的袁野不甘落后，将目光投向与日本相邻的韩国。在没有任何韩语基础的情况下奔赴异乡，只用了几个月学习韩语就通过了留学考试，袁野尚未消化意外发现的语言天赋，就迎来了韩国的高考，并顺利考上韩国全南国立大学，硕士连读经济学和农业经济学专业。"当时我觉得中国是农业大国，既然选择出国深造，就学好专业技能，等学成归来总会对国家有一点贡献的。"袁野不好意思地笑了笑，尽显少年气，"最后发现农业兴国还是需要一定科技含量的，这可能就是我走上集成电路行业的一个隐形原因吧。"

7年的留韩经历，让袁野一毕业就进入了LG公司，好学与用心工作让袁野在职场上快速晋升，同时也得到了领导的赏识与重任，袁野的名字自然而然出现在公司的人才推荐手册上，开启了他创业的新篇章。"合伙创始人就是在人才推荐网站发现我的，然后我们一拍即合，开始创业。"将意外当作成长道路的养分，桑榆之路也可以处处惊喜。

成大事者，专谋于业

6张桌椅6个人，创业刚开始的艰辛仍历历在目。虽然人少、场地小，但他们仍然觉得这份事业是天时地利人和的结果。

通过袁野与韩国方成熟的沟通方式，以及合伙人组建韩国与台湾技术研发团队，袁野介绍，公司将会有不断壮大的队伍，言语里有着自豪与希冀。

将公司命名为"初芯"，袁野说："当时我们同事想了很多名字都不太满意，恰好当时看到习主席提出'不忘初心，牢记使命'，跟我们的初心也相符，就凑巧取了这个名字。"

创建公司接到的第一个单子就要求5个月内出样品，时间压缩将近一半。袁野顶着极大的压力，与合伙人共同承担100多万美元的支出，购买了先进技术支撑研发流程。初芯的核心领导层及技术团队都有着20多年半导体行业资历，曾在台积电、中芯国际、上海华宏宏力等中国知名公司身居要职。袁野及其所在的团队除却优秀的研发能力，在产品市场应用和发展方向上也颇具前瞻性。他们成功签下韩国一线手机品牌，基于28nm制程的eSRAM-SDM芯片，透过SDM芯片切入OLED屏幕供应链，推出整体OLED屏幕芯片解决方案。公司成立一年，已创造了2000多万的订单。

凭借经年累积的从业经验，袁野及合伙人结合现有国情，决定未来三年韩国地区将以代理模式，大中华区以直销、代理和授权相结合的方式，进行运营与市场推广。

"勿以恶小而为之，勿以善小而不为"，从小父亲就教导他做人一定要惟贤惟德，才能让人信服。再者就是从韩国的一位LG领导身上学会了如何做事，明白细节才能决定一切的道理；而创业的行事能力则是合伙人廖炳隆先生手把手带着他，告诉他创业必须从行业的最基本开始了解，开始学习。袁野说，这位合伙人是他见过最善良、最可爱，也最具义气的台湾人，很希望让人记住他的名字。南京人袁野邀请合伙人们来到江北新区，考察之后将公司落户于此，与江北新区芯片之城共发展，助力集成电路产业链生态的完善。"敢拼，敢干，是迈向成功的第一步。即使面临失败，我们也有信心从失败中总结经验，找到成功的入场券。" 袁野的乐观情绪感染力极强，热血自信的少年意气让人信服——相信他即便遇到不可预知的意外，也能闯荡出属于他的一片天地。

本篇作者　莫敏玉

打造集成电路产业风向标

创意电子（南京）有限公司
总经理 林建宏

【一颗中国心，两岸一家亲。我的理想是在江北新区这块集成电路产业沃土上，将两岸职场文化融合汇通，打造创新型家庭式企业文化】

随着国内科学技术不断的发展进步，原本的"中国制造"逐渐演变成"中国智造"，而芯片作为智能设备的核心部件，起着举足轻重的作用。

作为台湾最大的芯片设计与服务外包企业，创意电子在世界各地设有分部，2017年在南京江北新区成立重要据点，扩展大陆事业版图，并助力新区芯片之城的发展。究其因由，不仅因为南京得天独厚的科教人才资源，也是因为台湾与南京人缘相亲，文化相通。

用真诚和善意感悟生活

2017年，南京江北新区管委会与台湾创意电子股份有限公司签署投资协议，标志着台湾最大的芯片设计与服务企业正式落户江北新区。创意电子在江北新区研创园设立集成电路设计中心，主要从事以先进高端技术服务为主以及发展高端芯片设计，瞄准当前业界比较热门的技术方向开展研发和生产服务，同时与台积电的南京项目紧密结合。

作为创意电子（南京）有限公司总经理，林建宏抱着对新事业的远大憧憬，随工作调动来到江北新区。初来乍到，热衷历史文化的他既兴奋又好奇。

面对新挑战，林建宏已经习惯从无到有的历练。他凭借一身扎实过硬的技术，在集成电路行业打拼20多年，在业界闯出一片自己的行为法则——真诚相待，与客户成为朋友，共创双赢的局面。

林建宏将工作与日常生活之间的关系处理得极其自然。他说："当团队成员的家庭之间相互熟稔，相处得如同家人一般，就不需要将工作与生活两极分化，仿佛这两者不可共存。"

大学毕业即做了两年台湾生命线的义工，真诚坦然的交流及贡献自己所能让林建宏学会了耐心与善意。如今，安身立命的工作技能成为最受资本追捧的行业，林建宏的出发点依然是与人为善，以善意搭建起人与人之间沟通的桥梁。

林建宏与年轻的团队打成一片，一心践行传播职场正能量，以朋友式的相处打破固有职场模式。相比较两岸文化的差距，感悟生活与工作的界限，林建宏对经营企业文化产生了一个大胆的想法。

创想凝聚起强大力量

林建宏用三年时间，从零开始组建一支大陆团队，规划中的核心团队已初步完成。

IC设计产业需要专业的人才培养，人力投入成本较高，想要人才根留企业，需要一定的心力去维护及经营。组建团队前期，因为工艺较先进，所以专业人才极其欠缺。那时研创园已有丰富的人才培养经验，知道他们的难处，也积极协助解决人才流失难题。

"我把事业当成女神一样，无论如何都要追求成功。"林建宏开玩笑道。

集成电路产业是高度协作的产业，为了顺应市场的庞大需求，林建宏以20多年的业界经验，精准判断客户群的需求，在累积企业技术创新的同时，积极推进业务量产。

高效与真诚，为年轻的团队赢得了客户的认同。林建宏关于家庭式企业文化的创想也更加坚定。他下定决心开创不一样的企业运营模式，目的就是将每一个人聚集在一起，凝聚成强大的企业源动力。

紧跟时代步伐，随时更新与时俱进的国际发展局势，是作为一名创业者的必要条件。林建宏鼓励年轻人认准一份事业，对这份事业执着且坚持，从中磨炼自身出色的技能和培养自己学习、解决问题的能力，"尊重行业，尊重每一份工作，塑造你的工作理念。"

林建宏笑称，将家庭式企业文化贯彻实行之后，就能了无遗憾地退休。筚路蓝缕的奋斗，终将一展宏图。

本篇作者　莫敏玉

品生医学的
国产临床质谱梦

品生医学集团
董事长 成晓亮

【服务生命品质,让中国临床检验市场质谱技术走上世界,惠福人类健康,这就是我创业的理想与初衷。】

美好生活不会从天而降，需要人们不懈奋斗。每个人都有自己的奋斗方式，品生医学集团董事长成晓亮博士选择了创业。

在快马轻裘、意气风发的大学时代，有人将青春吟唱成诗歌，有人将青春烙印成创业。他接触到质谱技术后，坚定了让临床质谱惠福人类健康的理想。在美国留学期间，成晓亮博士系统学习了质谱分析技术，见证了质谱技术在美国临床检验市场的快速发展，深刻认识到精准医疗领域有着无限的可能性。

回国创业后，成晓亮博士也注意到中美临床质谱市场发展的差距，他瞄准的是国内临床质谱广阔市场，至少百亿级的蓝海市场。

数十年如一日的坚持，成晓亮行的是唐僧的善，凭的是孙悟空的勇，对临床质谱技术的研究从未止步，如何将之高效应用到精准医疗行业并造福大众，他始终在路上探索。他淡然笑道："大概我天生劳碌命吧。"

紧追理想，踏上求索之路

大二那年，他开始第一次创业，盈亏平衡并没有使成晓亮感到满足。他深刻认识到，好产品是创业成功的第一步，而产品的价值是科技创造出来的。带着这样的认知，在2002年第一次接触质谱技术时，成晓亮就认定这项技术将改变人类生活。

成功源自多方面的因素，而对未来市场的敏锐洞见是最不可或缺的因素之一。

从中科院退学，前往美国密苏里大学深入研究质谱学，成晓亮看似"疯了"的决定曾让很多人不解。"既然要做质谱技术研究，那就做到行业最前沿。"成晓亮的初心从未改变过。质谱技术在中国兴起不久，他敏锐地察觉到这项技术的商业应用价值，义无反顾地只身来到美国师从质谱权威。

如今，临床质谱技术被誉为医学诊断市场中的下一个"基因测序"，可见成晓亮对精准医疗市场的远见性。

三年完成密苏里大学硕博连读学业，成晓亮专注于质谱技术的研究应用，2013年获得全球100项最具商业化技术创新大奖（R&D 100 Awards），成为当年获奖者中唯一的中国人。同年，荣耀加身的成晓亮婉拒了美国国家实验室和密苏里大学留校的邀请，毅然决然回国，开始创建他遥远而充满希冀的理想国。

对创业道路未来的规划与预见，天生拥有敏锐直觉的成晓亮再次果断出击，将品生总部搬迁至江北新区，助推江北新区"基因之城"建设。作为国家人类遗传资源共享服务平台江苏创新中心及亚洲最大规模的质谱检测与分析中心的所在地，品生医学集团董事长成晓亮亲自带队，致力于江北新区精准医疗产业的发展，服务于国家健康和疾病治疗战略。

足够优秀，造就无畏底气

"我已经很多年没睡过懒觉了。"成晓亮轻描淡写地说。每天凌晨三四点睡下，在晨光破晓之时醒来，几乎全年无休的日子，他已经过了很多年，"累是肯定的，趁年轻还想再拼一拼。"

学霸的"任性"，归咎于他对自我的清晰认识，一如当初全额奖学金赴美深造的决绝，一如放弃令人艳羡的美国学究生活，一如坚持"品质生活源于科技"的创业实践愿景。

个人的优秀并不是成晓亮自豪的根源，令他挂在嘴边赞赏的是整个团队攻克难关的超前水平。完善质谱技术应用，定制成熟商业方案和清晰可执行的未来规划，成晓亮带领的团队仅用一年时间即获得IDG的首轮融资。

回国之初，成晓亮就开始着眼布局全国的事业格局，通过团队搭建、自主研发、注册申报、生产销售等方式，完善质谱技术上下游产业链的生态模式。

2018年被业内称为临床质谱爆发元年，走在临床质谱前沿的品生团队汇集多位全球顶级质谱学、全组学、临床医学、生物信息学等方面的科学家和资深医生，与重点高校、国家研究室合作，构架出行业头部质谱技术的强大后盾。

临床质谱产业发展需要标准化、规范化，质量体系建设尤为重要。品生医学的工厂已通过ISO 9001和ISO 13485质量管理体系双认证，标志着公司产品从研发、生产、销售和服务全流程已达到国际质量标准。

戴着黑框眼镜，面相温和的成晓亮怎么看都像专注于学术研究的科学家，他却说："我更愿意做一个干实事的企业家。"

本篇作者　莫敏玉

040 / CREATOR STORY

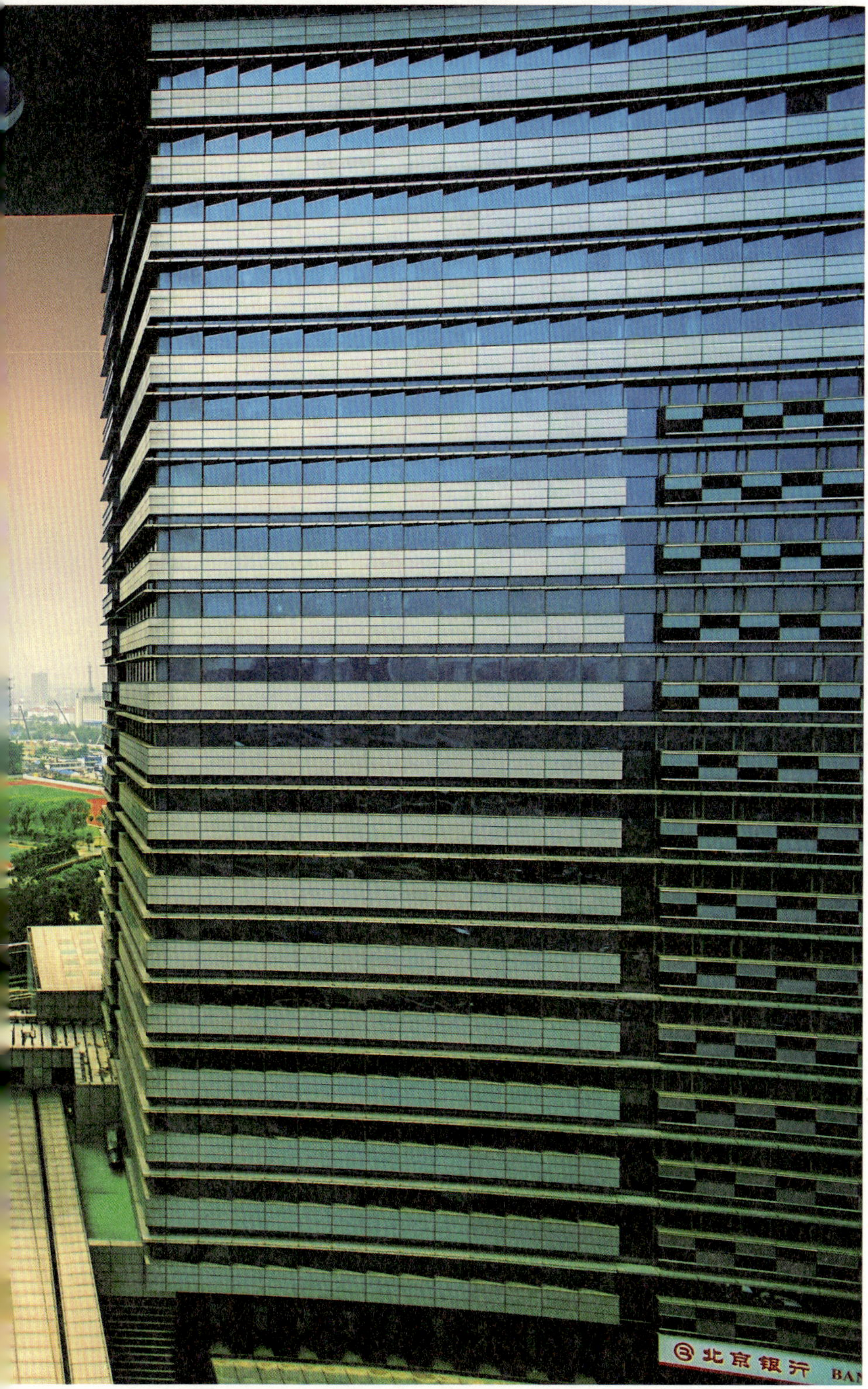
北京银行

集成电路人才培养的新路径

南京集成电路培训基地
主任 时龙兴

【人才才是产业破局和发力的关键。】

地球上最普遍存在的硅砂，经过几十道甚至上千道的工艺最后做出芯片。它广泛应用于信息的采集、传输、处理、存储，是信息社会的基石，对社会的进步和产业的发展至关重要。

当前，中国集成电路产业面临发展的机遇和挑战，聚焦产业人才培养"最后一公里"问题，探索集成电路产教融合人才培养新路径，是每个集成电路从业者需要思考的问题。

人才培养的困境

提起中国集成电路产业布局，绕不开江北新区这片土地。作为国家级新区和自贸区，新区涌现出一批在集成电路领域"冲锋陷阵"的排头兵，也聚集了一批致力于人才培养和产教融合的后勤兵，时龙兴就是其中一个。

2015年，国家设立了9个国家级示范性微电子学院，为整个集成电路产业的人才培育明确了发展方向。随着台积电的落户，为南京集成电路产业上下游产业链带来了巨大的联动效应。在"双区叠加"的利好政策驱动下，江北新区集成电路产业发展拥有天然的优势。

"各个产业链环节的国际顶级企业，像IP的ARM、设计服务的GUC等，从政策吸引到人才聚集，像滚雪球一样，越来越多的人愿意来新区寻找事业空间。"时龙兴回忆刚到新区时，交通不便，设施不全，但是经过几年来的快速发展，这里已经发生了翻天覆地的变化。

南京虽然拥有众多高校，但由于人才培养模式的固化，无法做到为企业"量身定制"专业人才。时龙兴介绍，培养一个EDA人才从高校课题研究到真正实践从业，往往需要10年时间。而集成电路专业的高校应届生在进入工作岗位后，一般要经历四五个芯片项目周期，每个周期半年到两年，此后才能独当一面。这也是集成电路行业人才培养的难点和痛点。

打通"最后一公里"

为了解决集成电路人才培养的困境，近年来，江北新区先后出台了集成电路人才试验区、人才安居等系列支持政策，联合南京大学等7所高校成立"国家示范性微电子学院(南京)人才培养联盟"，建设集成电路产业协同创新学院，累计吸引集成电路相关从业人员2万余人；成立了全国首创的集成电路人才培养基地，联合企业、高校、科研机构等共同搭建产教融合的开放平台。同时，新区充分发挥6家海外创新中心、工信部人才交流中心、ARM中国创新教育中心等机构的人才招引和培育功能，为集成电路产业发展注入了源头活水。

聚焦产业人才，赋能产业发展。南京集成电路产业服务中心(ICisC)与南京集成电路培训基地(NICT)作为专业的产业服务平台，致力于产业人才、创新驱动、生态打造，助推南京江北新区"芯片之城"建设，解决"最后一公里"问题：即产业人才"最后一公里"、科技成果转化"最后一公里"、生态打造"最后一公里"。在产业人才培养过程中，主要以NICT为主体，重点打造创新需求、协同产学共育、培养关键领域创新能力人才，引进并输出高端智力资源。

此外，南京集成电路培训基地还与东南大学、南京信息工程大学、芯华章、芯原股份、中软国际、路科验视、E创中心、集成电路设计自动化技术创新中心等高校、企业和创新平台开展大学生竞赛、系统课程打造、技术研讨活动等人才培养活动方面的紧密协作，共同推进产教融合育人，促进产学研深度融合。

2020年，南京集成电路培训基地携手芯华章开始"X行动"二期项目，共同打造阶梯式实训课程项目的升级版。据时龙兴介绍，双方将围绕企业发展需求，不断升级优化，通过联合系列技术研讨和EDA设计精英挑战赛，共建EDA技术新生态，持续培育适配的EDA产业人才。

本篇作者　郑格格

CREATOR STORY

大健康产业的
商业哲学

南京大学 校董
迷你硅谷创新集团 董事长
中瑞共生产业投资控股集团（香港）董事长

刘瑞宸

【伟大的公司都有一套独特的哲学体系。我希望用思想赢得世界，以创新驱动大健康产业生态。】

目前，中国正在探索一种新型引智模式——海外人才离岸创新创业。这种先进的引智模式依托高密度的创新创业基地，以跨境项目合作的方式吸引外国科学家及团队提供智力服务，开展离岸研发活动，引导海内外政府、科研机构、高校强强联合，加强技术需求合作，凝聚起世界一流水平的科学家和研究团队。

为此，南京大学校董、迷你硅谷创新集团董事长、中瑞共生产业投资控股集团(香港)董事长刘瑞宸想要建设具有引才引智、创业孵化、专业服务保障等功能的国际化综合性创业平台，就得在产业生态链的发展上高度聚焦。作为创新与产业化结合的平台，迷你硅谷的主要工作是引进北欧原始创新国际资源以及高层次人才；依靠南京创新名城系列政策及各方支持，在江北新区加速集聚更多海内外高层次科技创新资源。

刘瑞宸以创新驱动大健康产业生态，致力于民间科技外交的探索之路，现已取得初步发展规模。

只问耕耘，莫问前程

刘瑞宸闯荡欧洲20多年，无论是学业还是从事的行业跨度都相当大。他笑称是身上流淌着"爱拼才会赢"的福建人血液，才会比一般创业人更"疯"。

刘瑞宸一直努力走在积极探索的前沿，不断寻求一条适合创新发展的道路。

"只求耕耘，莫问前程。"刘瑞宸感慨道，"为努力流下的每一滴汗水，都会在往后的创业中反哺前路。"

机缘巧合，他赚到的第一桶金，是初出校门在国际贸易上的大胆尝试，以物易物，从中撷获高额差价。初次创业的奇特经历给他留下了深刻的印象，让他的创新研究从此踏上莫问前程的道路。

刘瑞宸不断研究北欧的文化和习俗，让他的第二次创业很快就选定了目标——第一批做国际教育的开创人。此番创新之举，与北欧政府、高校搭上了友好互惠的渠道，增添了人才培养的更多可能性。

前两次创新创业累积下坚实的技术支持，解锁了刘瑞宸的第三次机遇，做文化遗产经济的创意开发。

"行业的周期性促使我不断发掘创新，"刘瑞宸说，"当行业走到下坡路的拐点，就要先行转身寻找新路。而支撑我无忧换赛道的就是这20多年积累的信息渠道、技术渠道和人才资源。"

将资源导入大健康产业生态，刘瑞宸努力接洽国际化先进技术的引入、人才机构的交流合作，融合北欧与中国特色，为海外人才营造家乡般的文化认同感与归属感。

刘瑞宸当年所做的可研报告显示，凭借几个亚洲第一加持，江北新区这片土地培育了吸引外来资源的肥沃土壤。依托国家重大新药创制、重大科技成果转移试点示范基地，江北新区集聚了400余家大健康产业链企业。

将基础研发留在国外，将技术产业化落地国内，降低了投入，也提高了效率。两相弥补短板，实现多方共赢。刘瑞宸耕耘的创新良田，终于迎来繁花锦簇的结果。

用思想赢得世界

刘瑞宸信奉"我心光明，我即自在"的哲学主张。

"创业可能说不上是创新，但创新之路，困难是常态的。"刘瑞宸在面对挫折的时候，通常这样说服自己，"不把困难当困难，需要强大的心理承受能力，所以我学习王阳明、尼采的哲学思想，从中磨炼心态，从而将创新的困难与成功都当作快乐的过程。再不济，睡一觉起来继续死磕。"

连续蝉联"海外人才引进大使"的称誉，刘瑞宸认为这是他一直坚持且会继续做下去的事情。作为资深创新与产业发展战略专家，他深知人才互动所产生的效益与效率，而创新的驱动核心正是人才流动。

为了整合资源，刘瑞宸几乎脚不着家地满世界周转，与不同国家不同领域的科学家、相关专业人士交流学习，将各地跑的出差工作当成生活的一部分，他也乐在其中。

"所幸现在有先进的通信工具,能与家人常常联系,并不会觉得彼此距离遥远,大概是我们都互相习惯这样的生活吧。"

家人的理解与支持,让刘瑞宸能够全身心投入到创新研发的工作中。为了人脉与资源得到充分利用,刘瑞宸筛选出符合国内产业导向、符合市场需求的产业生态资源,将技术、人才、产业资源打造成具有国际竞争力的核心力量。

刘瑞宸的哲思创新一直在发光发热,以思想赢得世界,以创新驱动大健康产业生态。

本篇作者　莫敏玉

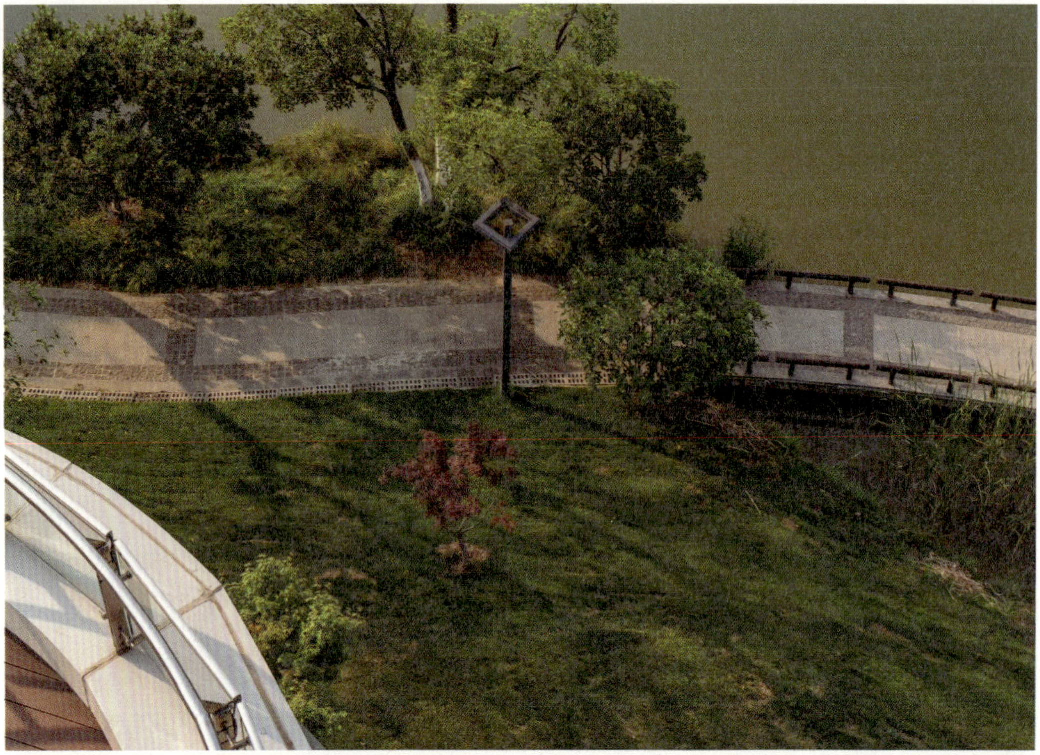

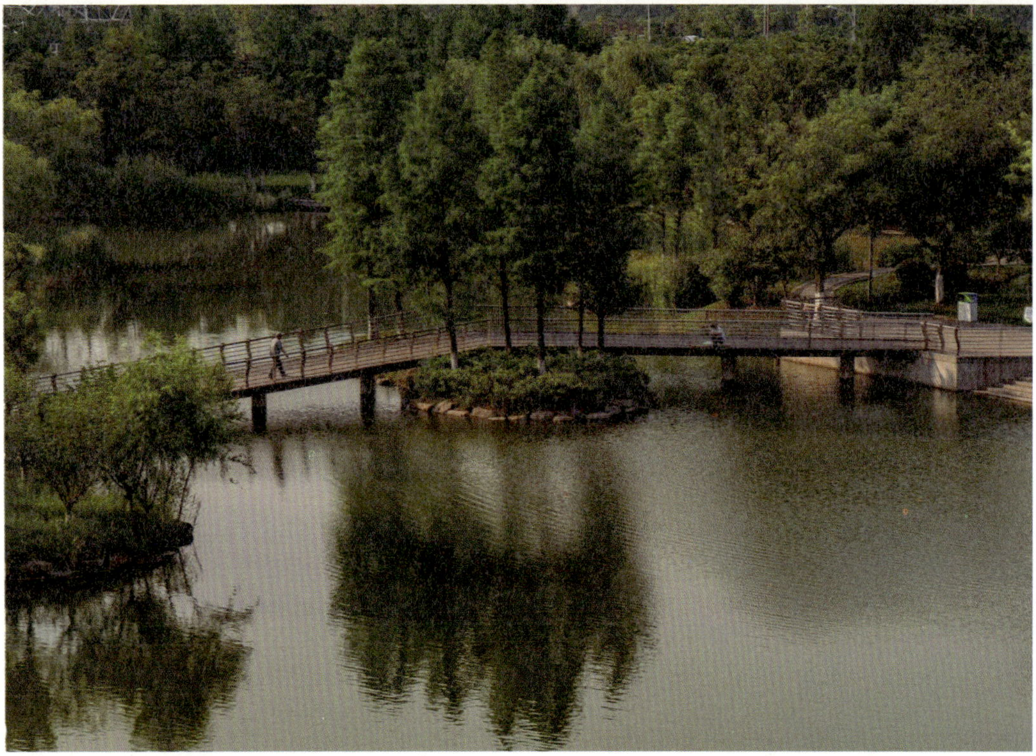

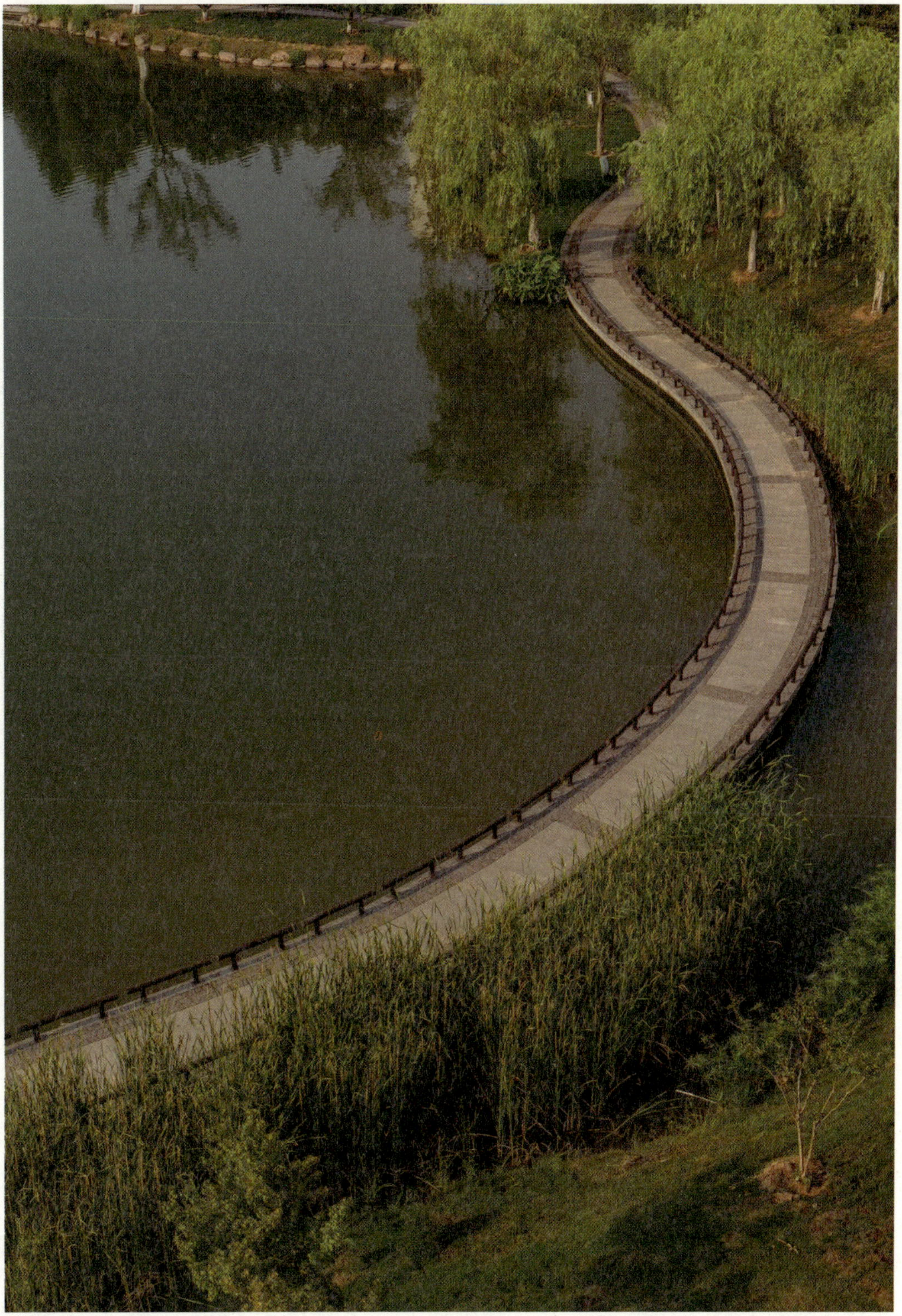

见证中西方
金融战略发展

南京银行
副行长 米乐

【当科技与金融业结合,将碰撞出一种全新的金融科技生态圈。我致力于成为中西金融战略发展的见证者、参与者和力行者。】

CREATOR STORY 创想者

今时今日，中国已然成为全球最大的金融科技投资市场。金融科技创新发展水平大幅提升，越来越多的中国金融科技企业开拓海外市场，加快输出金融科技力量。在开放的市场环境之外，银行如何从海量的科技公司中寻找技术顶尖、需求匹配的合作方，是一种极具挑战性的博弈。

身为南京银行副行长，米乐具有丰富的经济金融管理工作经验，曾在捷信PPF集团、杭银消费金融公司担任高管。多年来，他在消费金融、零售金融以及互联网金融领域，牵头与监管机构促进消费金融发展。米乐希望通过自己的努力，搭建起涉外企业与国内银行的桥梁。

米乐积极运用金融科技提升业务效能，同时根据监管政策和市场环境的变化，拥抱互联网，提升资本使用效率，提高资本发展质效。

向往与现实：参与中国金融业的发展

法国巴黎银行跟南京银行已经合作将近15年，米乐主要负责推进法国巴黎银行与南京银行各项业务的合作，确定资产合理增速，优化资产负债配置，保持与同类银行基本相当的发展增速水平。

米乐从事金融行业20多年，也在中国生活了25年。小时候初次接触中国文化，他就被深深打动，在高中考学阶段毅然选择到中国学习汉文化，去认识跟欧洲完全不同的国度。他更想亲自踏足中国，看一看梦牵魂绕多年的中国生活。

在大学毕业前夕就决定留在中国的米乐，读完双学位硕士后回到中国，进入金融行业。尚未开发的中国金融市场，让他看到了无限潜能，也激发了他为中国金融业出一份力的决心。

"学习了中国历史，我时常感叹这持续千年的历史传承。"米乐反复强调，"这迷人的未知，是我在中国金融行业继续前进的动力，我想看看在恒长的中国现代历史里，还会发生什么惊人的变化，会不会也有我的一缕足迹。"

在中国疆土上，米乐开展消费金融和零售银行等业务，将欧洲随处可见的便民金融服务带到中国，希望以自己的微薄之力为中国百姓提供方便快捷的服务。

在南京，悠久历史与现代化的交融和碰撞，米乐看见了理想中的融合乐土。他成为连接欧洲与南京金融市场的纽带，吸引更多海内外企业和人才落户南京江北新区投资兴业；推动南京城市国际化发展，与城市协同共建，共赢未来。

联合与布局：打造完美的中西方金融战略合作

作为15年战略合作伙伴，南京银行与法国巴黎银行的合作不限于高层频繁互动和拓展业务，更深入积极地实现技术共享、人才培训交流动态。

依靠法国巴黎银行丰富的国际金融市场经验和先进的金融科技，结合南京银行本土市场的深入开发，米乐将两者优势取长补短，实施零售金融和交易银行两大战略；强化资本集约使用和精细化管理，积极推进战略转型及结构调整，促进合作双方资产高质量稳健发展。

米乐从国际经济需求和金融结构状态中窥见机遇，开发出更多网上操作工具，活跃国内外经济战略关系，更好地服务消费者。

"这次疫情对金融业影响颇大，我们在前端开发操作工具，后端利用大数据、云平台提高业务效率及效益。"米乐坚定地说，"疫情下，良好的金融市场对全球经济恢复能起到关键作用。"

经济全球化体制让各国金融业必须不断更新进步，米乐积极维护中西方金融合作战略关系，以高效的团队管理制度打动市场，建立良好的信用关系，保持专业技术交流。在消费者行为需求不断改变的情况下，他对金融行业的理解也在不断变化，及时调整金融机构的业务和服务模式，提高消费者的切身体验。

"经济数字化导致金融科技创新日新月异，根据大数据后台，金融业务和产品需要合作双方共同努力，开发出更先进的银行业务体系。"

米乐致力于打造中外合作典范的金融业概念，持续深入交流布局，发展健康的中外金融业务服务市场，形成最完美的合作共赢局面。

本篇作者　莫敏玉

CREATOR STORY

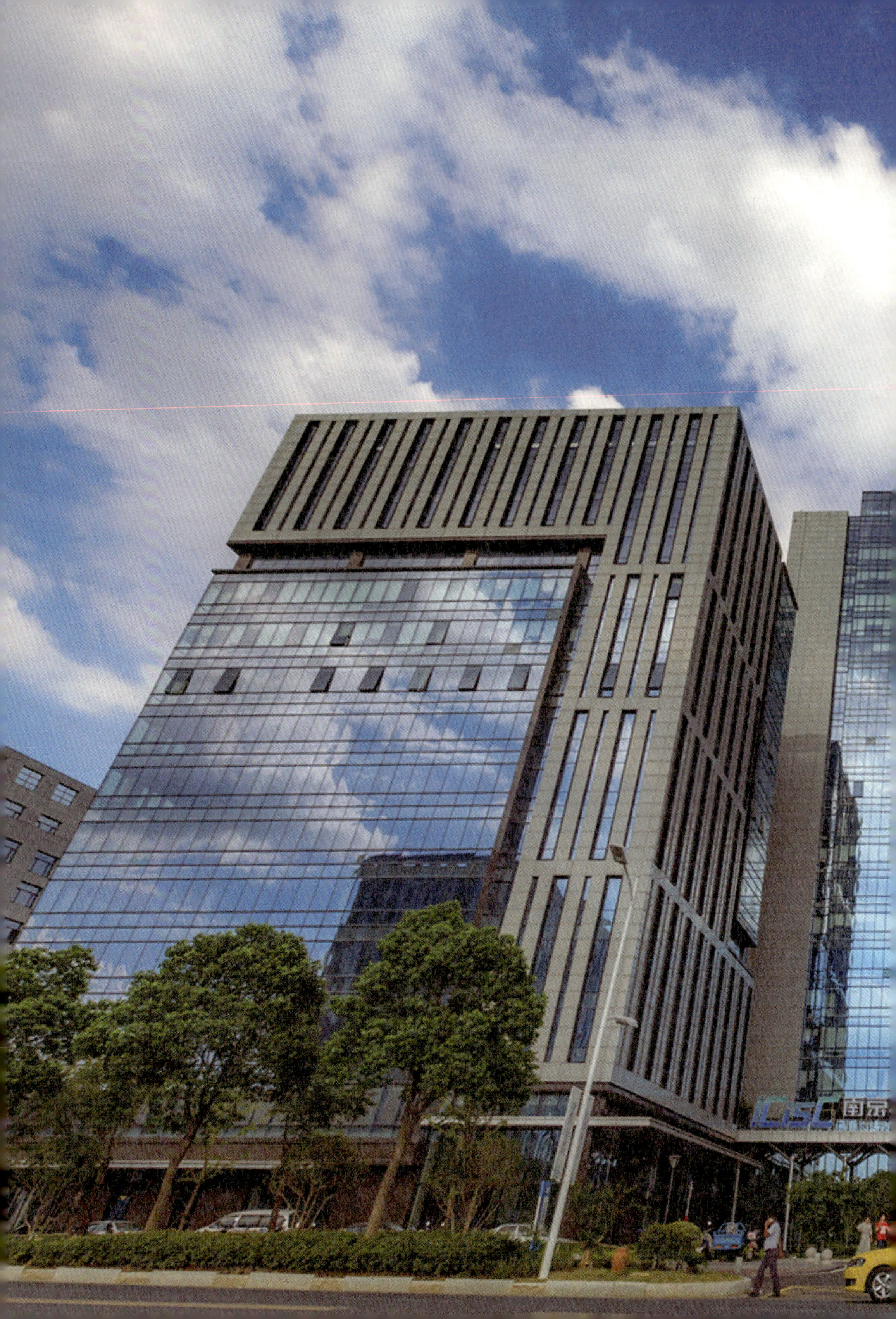

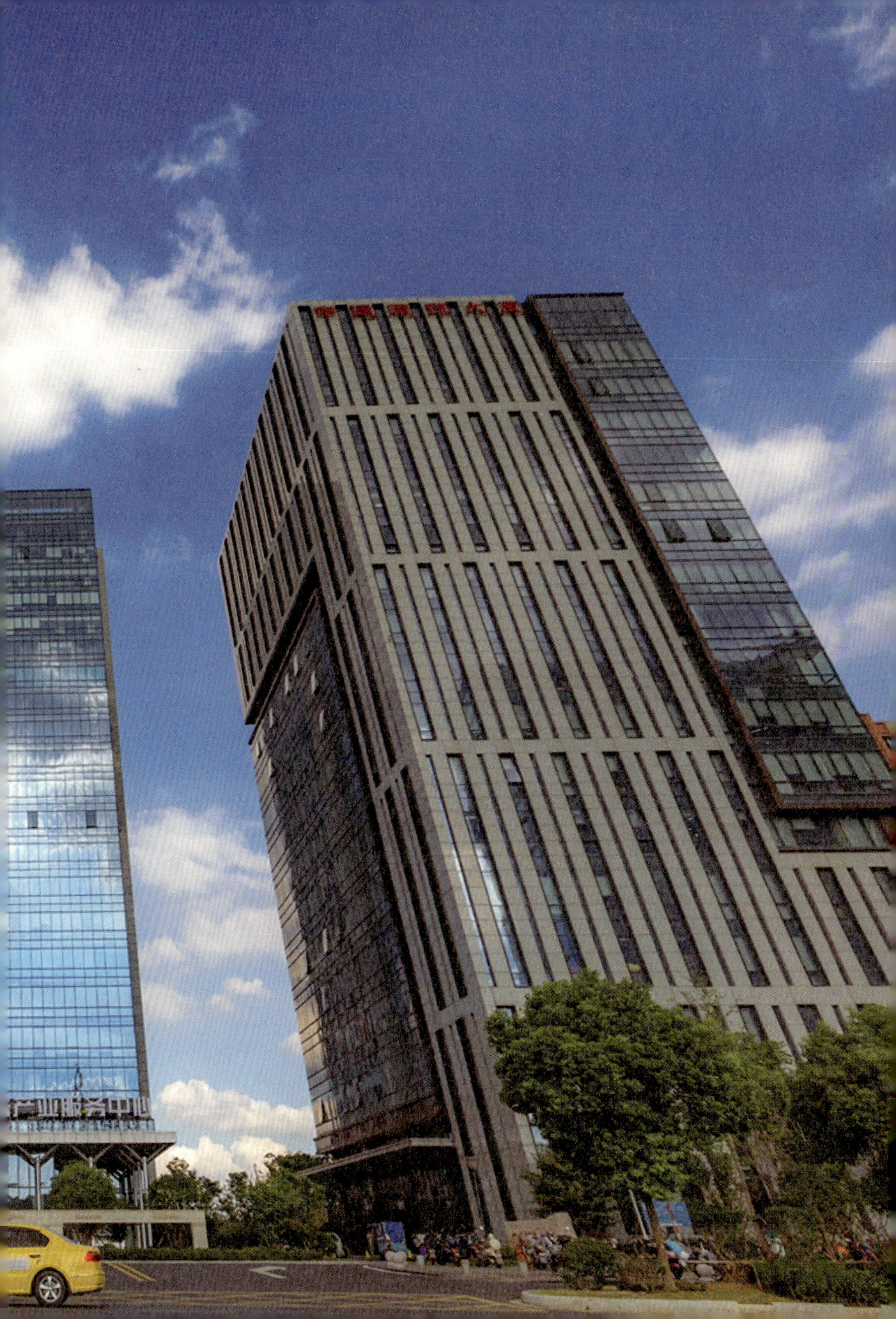

先

CHAPTER THREE

机

君子藏器于身,待时而动。

——语出《周易·系辞》

用"芯"连接未来

南京芯视元电子有限公司

董事长 **何军**

【我是一个充满好奇心的人,渴望走在时代的前沿,探索连接新未来的无数可能。芯联万物,视见一切,这就是我和团队在时代浪潮下安身立命之本。】

在万物互联的5G时代，多样化的海量信息会为智慧显示拓展极大的空间。感知未来趋势，将新科技转化为生产力，是未来发展的必然趋势。

从计算机软件、存储到微显示芯片，中国民族企业家探寻行业"卡脖子"的关键技术，发现行业商机。多年敏锐的市场判断让何军预见微显示芯片的发展趋势，行动力见长的何军走进BAT（百度、阿里巴巴、腾讯）、华为、中兴，拜访联想、浪潮，甚至踏入航天航空研究所的大门进行市场调研。目前，南京芯视元电子有限公司批量生产LCoS微显示芯片，成长为国内微显示芯片行业的领军企业、国际微显示领域的重要参与者。

勇于探索未来

何军多年来随工作活跃在全国各地，连续跨行业跨领域创办企业，孵化了多个创新项目，其中不乏行业先行者。2009年，他辗转回到江苏，在个人近身局域网上开垦新的创业机遇，也为后来再创业提供了良好的成长沃土。

"我是个好奇心极重的人，在技术应用方面接触到的新知识让我不得不去深入学习，"何军笑道，"个人近身局域网是我多年前的畅想，比如眼镜为显示屏、牙套或假牙为麦克风、耳环做耳机、手机或手表成为外大脑……这些未来科技都依赖于芯片技术。从芯片研发到跨行业整合，几个老友一拍即合。"

一盏清茶，满室茶香。何军以茶待友，畅谈科技带来的变化，几人未沾酒气也有豪气万千："外国人能做的，我们照样可以！"一个微电子领域的顶尖专家和一个显示屏领域的顶尖专家唇枪舌战三个小时，最终与何军一饮而尽，开创芯片研发的新事业就这么敲定了。

花6个月时间完成技术认证，何军与好友对新创企业的未来满怀信心："其实认证技术已经花了相当多的资金，当时我们就想着凑一凑资金，再花两三百万去做研发；一年出流片，两年或者最多三年就能出产品……"

对芯片创新有了解，但又未能了解透彻的新团队，最终花了三年时间点亮第一款芯片。何军带着这批手工封装、意义非凡的产品，开始踏上拓展市场的道路。

"刚开始这几年，我的心情就像一辆疾驰的火车进入处处隧道的路途，中间偶有光亮以为就要走出隧道，但迎面而来的却是下一个黑暗的隧道。"何军感性地形容创业初始的心情。

如在隧道中慢慢探索光亮，组建专业团队也逐渐变得平坦顺畅。团队包揽国内外微电子、光电显示、材料领域核心专业人员和研发人员，在硅基微显示和空间光调制等领域具备深厚的技术积累和独到的行业见解。

产品量产之后，何军团队加速产品研发、产线建设，为行业合作提供更专业的服务和支持。八年的潜心研究，芯视元成为目前国内唯一能研发和提供LCoS, Micro OLED, Micro LED等微显示芯片的企业，实现供应链自主研发、安全、可控的产业生态。在行业探索多年，何军深知基础技术领域创新的艰难，因此更有耐心推进企业研发完全自主知识产权的产品。

何军以"AI+AR=AIR"这个等式定义人工智能和增强现实技术的关系，人工智能为脑，增强现实技术为眼，一如企业取名芯视元，"芯联万物，视见一切"；物联网、大数据、人工智能把蓝星信息化，增强现实技术则让人们和信息化的世界联系在一起。芯视元将在增强现实领域，持续不断提供有竞争力的先进产品和方案，在人工智能兴起的浪潮里，乘风破浪，视见万物创变。

一群人走，会走得更远

何军谈创业，"不做好伙计工作，绝不做掌柜事情"，就像最初创业四年都未曾组建办公场所。何军团队将心力专注于技术研发，直到产品量产才接受第一笔投资。

落户南京江北新区，何军正是看中其芯片产业聚集、产业链高速拓展的发展趋势。他与南京航天航空大学相关院系建立联合实验室，促进产学研长期合作，实现人才培养，期望在微显示芯片研究上有所创新和开拓。

多次创业犹如一场独自行走的徒步之旅，何军说："一个人的路挺有意思，但是一群人走，会走得更远。"用了8年时间，何军与友人共进退，在微显示芯片领域闯出了一条新的发展之路。

何军的每一次重新出发，都放弃以往的成绩从头来过，源于他始终保持非常清晰的创业理念——洞察先机，勇于开拓，用行动连接即将到来的未来。

本篇作者　莫敏玉

064 / CREATOR STORY

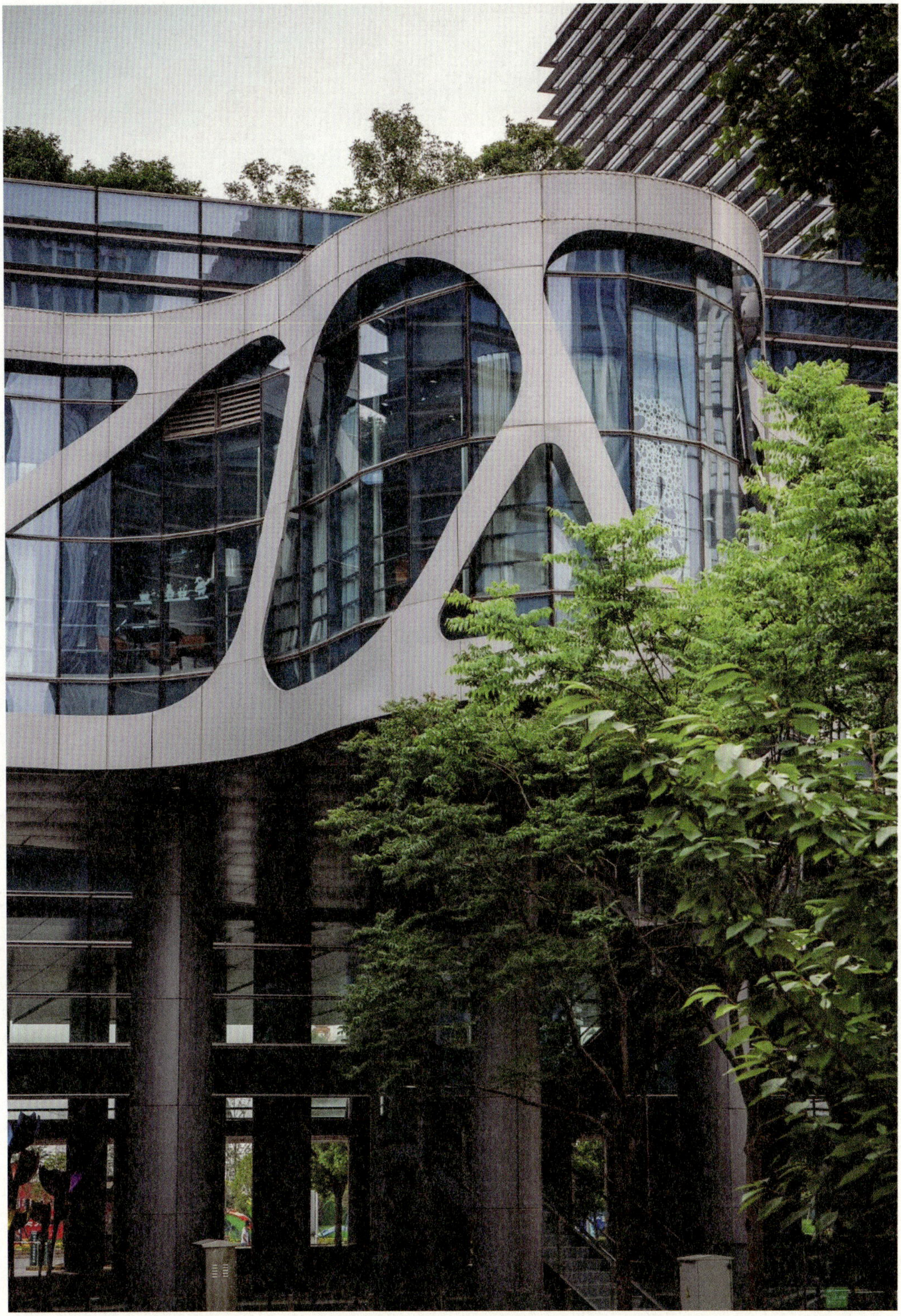

让信任更简单

南京壹证通信息科技

董事长 马圣东

【当时就凭着一腔孤注一掷的勇气,因为创业开始了就不能有后悔的余地,于自己、于团队,我都要负起这个责任。】

数据安全在互联网时代发展非常重要，互联网世界也需要有法可依。

可信身份服务平台为互联网信息安全化管理提供身份安全认证、签名验证、数据加密、授权管理等服务，全面提升生物特征识别与数字认证技术、软硬件产品的创新与研发，降低运行服务成本，为行业安全、健康、可持续发展提供了有力保障，为社会诚信体系建设提供了底层支持。

如何创造一个可信身份服务平台的生态圈，让人们拥有数权权利，通过不断深入的技术创新应用，创造更大的商业价值，使其服务社会，服务国家——这就是南京壹证通信息科技董事长马圣东的创业使命。

投身筑建可信身份服务平台

细看马圣东的教育经历会发现，他的每一次学习都带着极强的目的，为了丰富自我学习系统而努力。工作和创业过程中不间断地学习读书，让马圣东体验到不一样的人生感悟。

"经历丰富之后再去上学，所思所想都跟在校时候不一样。这样的学习经历对我而言是一笔巨大的财富。"马圣东说。

毕业于南航计算机专业，做过码农，创过业，最后兜兜转转回归到计算机大行业。失败的创业经历让马圣东总结出宝贵的经验，带着思考再去攻读商业MBA，从读书中反思出独属于他的创业经。

根据自身需求不断调整方向，不断学习进步，马圣东的目标向来明确且具有行动力。

前几年，因可信身份认证管理缺陷，导致或多或少的信息泄密，造成的后果至今仍让人细思极恐。马圣东以互联网思维做服务可信身份平台，将应用性、安全性、便捷性做到极致，就为了创业时的决心——让信任更简单，还给人们一个安全可信的互联网。

马圣东的团队立足于国家可信身份战略，采用国产密码算法，依托国家各大监管机构支持，基于AI可信身份、数字认证及区块链等技术，在保护公民数权的前提下，将可信身份信息应用于互联网+政务、电子商务、车联网、物联网等需身份认证的相关使用场景中，打造权威可信的身份服务综合应用平台；力争从技术上解决各种终端设备进行业务操作时的身份认证问题、安全传输问题以及抗抵赖问题，从而为各种互联网应用筑起一道网络安全防线，为现代化产业体系的健康发展保驾护航。

民营企业持有CA牌照，是一件了不得的事情。成功之下回看创业初期，最艰难的时刻，马圣东账上只剩下几块钱。他坦言很艰难，但没有想过放弃。因为他深知只有坚持到底，才有可能笑看今朝。

咬牙坚持到至今，他只做了一轮融资，只为了坚守创业初心。白手起家的马圣东，专注于做一个安全身份认证服务平台，成为全国领先的可信身份服务商。

创造可信身份服务平台生态圈

新冠病毒疫情冲击之下，马圣东秉持社会担当，快速将可信身份平台投入到疫情防控中，以人脸识别+活体检测，追踪疫情发展的痕迹；向全国各基层社区免费开放可信身份认证服务，助力社区疫情防控，提高人员追踪管控效率；同时，还推出基于可信身份服务的口罩实名预订解决方案。

越来越庞大的现代化信息产业体系，对可信身份认证市场来说，是一场挑战，也是一次机遇。马圣东率领团队马不停蹄地研究各个应用方向，全力打破各行业技术阻碍互通的壁垒、降低线上服务及身份认证服务的成本，让人们的互联网身份使用无障碍，并能安全便捷地管理自己的身份信息。

马圣东的团队以高度的使命感、责任感为用户和社会提供安全满意的产品和服务，在信息安全领域谋求长足的发展，为中国信息产业发展做出了自己的贡献。

本篇作者　莫敏玉

能所未能，见所未见

南京微纳科技研究院

院长 汪远

【创业的人，就需要点疯狂的想象力和激情。敢于想到别人没有想到的，并勇于付诸实践。】

21世纪以来，微纳技术的发展一直广受关注，特别是在重大疾病的早期诊断、便携式设备、新能源等方面表现出巨大潜力，为保障人类生命健康和改善生活水平带来革命性的新方法和新技术。

2019年，汪远离开已经从事10多年科技工作的美国，回到中国，正是看到该领域的潜力所在。今天，国内外微纳技术的科研差异已经大大减小，甚至在有些方面中国已经超越国外，可是让技术走出实验室应用到生活中，还有比较大的差距。

将最新的微纳技术转化为商品，惠及每个人，这就是南京微纳科技研究院长汪远的创业愿景。

对的地方，对的事情

汪远是土生土长的南京人。这座历史悠久的城市，在具备文化底蕴的同时，现代科技发展也紧跟时代脚步，并且高校林立，为创业者们提供高素质的人才支持，所以汪远2019年回国创业，首选地就是南京。

第一次创业的他，本着慎之又慎地选择自己初创地点的想法来到江北新区后，瞬间被这里的产业氛围所吸引，"给我耳目一新的感觉"。

汪远认为江北新区从地域到环境，再到政策支持以及商业资源，都是南京乃至全国顶尖水平。还在成长中的江北新区，也让他切身感受到了何为中国速度。"这里有一群永远保持好奇心的人"，这是最终让汪远选择江北新区的原因。

同年，在江北新区支持下汪远在研创园创办了南京微纳科技研究院，以新一代信息技术、消费者智能材料技术、健康微纳技术等作为主要核心，连接资本与产业，在江北新区的创业大背景下打造出一个高科技产业开发平台。

令人头疼，令人兴奋

回国创业，汪远认为这是对自我价值的一次认证。作为创业新手，他也面临着前所未有的挑战。如何把团队组建起来协同工作，同时思考如何把想要做的技术有效落地，这两件事对于汪远来说，有时候比科研难题还让他头疼。

幸运的是，在江北新区的支持与帮助下，基于"1+2+N"的框架，研究院下设研发平台和产业平台，不断培育多个深科技、高附加值的技术创业实体。其中，研发平台专注微纳核心技术的原创性、深科技、产业化为导向的项目研发；产业平台为初创研发项目提供全方位的服务和支持，帮助研发团队进行科技商业化的尝试，构建成熟的科技成果转化机制。

创业虽然是一种全新的挑战，却也满足了汪远对不同事物的探知欲。最令他兴奋的是，将物理学上的一些科研手段运用在创业过程中的商业运营方面也行之有效。

汪远对未来充满了期待，他希望微纳技术能够真正走入生活的方方面面。

做科学家，做企业家

汪远接下来的目标，是把自己纯粹的科学家思维渐渐转换为企业家思维——科研与创业虽然有交叠的地方，但根本诉求不尽相同。撸起袖子搞创业，是把技术推向市场的必然方式。

科学家的本质是探索和创新，而不是创造商业价值；而作为企业家，要知道产品不仅仅是科研，要结合市场的需要去研发有商业价值的产品。

还有一个区别于科研的点是，研究是抓着一个问题不断深入、不断探索，而创业道路上商业价值追求的是有纪律、有效率地解决问题。

考虑到这些，汪远已经为研究院制定了几个方向：一个是全球微纳技术领域创新资源的整合，立足大健康、智能消费和信息技术等领域，提供全球顶尖的微纳加工和器件集成技术及产品；二个是对标南京江北新区自贸区的发展规划与政策，引进世界顶尖科研团队及项目，进行技术预研及产业转化；最后是自主研发，并利用专项基金推进市场化进程。

在汪远的人生道路上，他常常思考如何从古今中外优秀的人身上学习更佳的行事方略。比如战国时期儒家代表人物孟子，"明于庶物，察于人伦，由仁义行，非行仁义也。"规劝世人拥有自制力，要对周遭世界有所感知，并对身边环境造成良性影响。

又如美国著名企业家和工程师埃隆·马斯克，给汪远最大的启发是一个人成长与发展的最大阻碍是想象力与创造力。在他身上，汪远学到如何敢于想象，再把想象通过各种渠道、借助各种资源付诸行动，这才是创造出影响整个人类的伟大事业的正确道路。

这两个人思想也与研究院的愿景不谋而合："能所未能，见所未见"。

本篇作者　莫敏玉

甘做科技转化成果
的桥梁

南京智能制造软件新技术研究院
院长 **李俊**

【科学技术是第一生产。在当今世界范围内，经济的竞争愈来愈表现为科学技术的竞争，表现为科技成果转化数量、质量和转化速度的竞争。助力科技成果商品化、产业化，是我的决心和目标。】

中国制造业发展短短几十年，相较西方工业大国仍然处于基础薄弱阶段，面临诸多发展难题及技术瓶颈。"中国智造"把人工智能引入到制造过程中，实现智能工厂、智能企业和智能生态，强调生产自主、供需协同和整体自动化，从而实现完备的产业链和供应链的集成整合。

依托南京大学软件新技术国家重点实验室强大的技术积累和研发力量，李俊牵头成立南京智能制造软件新技术研究院，其初衷就是推进创新技术的成果转化和商业落地。结合多年应用经验，李俊认为工业革命4.0主要是市场需求驱动制造业智能化发展，其关键点在于用智能化技术实现以人为本且高效低成本的定制化生产。

以实力与信心突破困境

李俊的创业可以追溯到10多年前，留校任教期间的一次机会，他接到一个搭建港机自动化控制系统的需求，成功研发后对方要求以企业形式签约。于是，李俊有了他的第一个"创业公司"。

他的创业路看似偶然，其实也是必然的结果。他科班出身，毕业后仍然从事软件技术应用的研究工作，时逢南京创新名城政策的推广，鼓励高校老师走出校门多做新型技术研发，有过一次"创业"经历的李俊顺应时势，沿着历史道路前进。

创业初期，面对西方世界对中国技术的不信任，李俊与团队在迪拜港口技术交流会上憋了一口气，勇敢地接受对方要求一周内完成安装调试的挑战。或许是不服气，或许是要证明中国技术，李俊团队只花了三天时间即完成了任务，而且相较于国外同类产品系统性能更优。

"得到认可的途径就是有足够的实力，"李俊说，"我始终坚信面子是靠好产品一点一点赢回来的。"

他们用实力征服西方世界，以扎实的专业基础把中国系统技术开发完善，更好地应用于市场需求，从而拓展出更大的产品市场。

近年来，李俊沉浸开发基于精准定位和智能识别的制造应用系统，帮助企业提升生产流程可视化、质量管理可控化、设备自动化、物流智能化、生产安全保障等方面的水平。然而,怀抱合作共赢的满腔热情,李俊却在第一代产品研发上摔了狠狠一跤。

"人80%的时间是在室内度过的,我看到产品在室内场景应用市场的巨大潜力,但由于其开发难度较大、技术链较长,即使知道未来可期,但困难一度导致开发进度停滞不前。"李俊轻描淡写地说,"投入了大量的人力物力,甚至产品已经做到了预期目标,却因为团队陆续放弃而延误了产品交期。"

重责在肩,李俊没有被压垮。凭借实力与自信以及一如既往的赤诚,让客户仍旧相信他的团队。延期半年交付出来的产品,加急开发的系统,最终获得市场的认可,也为自己赢回差点丢失的信誉。

"困难是时刻伴随创业过程的,唯有正确认识困难,想办法去解决问题。办法总是随着困难出现的,需要清醒的认知去抓住它。"

10多年技术的累积,研究院拥有精确定位、智能视觉、自动驾驶、专用机器人、大数据分析等软件新技术,提供智能制造领域的支撑软件和应用系统,并进行软硬件整合和多系统集成,为国内企业提供智能化的专业服务。李俊及其团队打破了国外技术垄断和国内用户性价敏感,市场难突破等困境,多个大型项目的应用落地,标志着研究院在业内的标杆地位和技术领先性。

科技转化成果的桥梁作用

既有学术上的严谨逻辑,又具备行业实用性的实践经验,李俊为南京智能制造软件新技术研究院铺就的商业版图正在逐步成型。

联合华为、新华三等行业龙头企业进行深度合作,以科技转化产品、产品应用市场的步骤,真正解决智能制造的实际问题,助力"中国制造2025",李俊仿佛已经见到中国实现从制造业大国到制造业强国再到世界强国的飞跃。

"看准方向,多花点时间,多做点事。"李俊在充满创业良机的时代浪潮里活得异常清醒。他认为,创业的前提得有完善先进的技术、管理、市场团队,支撑创业者摸清市场需求,攒够丰富的企业管理经验,再争取成功。

李俊在兼顾学校教学与企业产品研发之间,赫然成为连接科研成果与产业应用的坚实桥梁。

本篇作者　莫敏玉

创业道路上的布道者

江苏瑞银产业集团
董事长 李明目

【创业不易,不是每一个人都能看到时代拐点的来临。每一个行业的变革,每一项技术的创新,都会有人被抛弃,也总会有人做好准备去迎接新的挑战。对此,我做好了充足的准备。】

随着世界经济的快速发展，提供存贷汇业务的银行，已经成为企业运行及用户生活中的重要场所及交易终端。

但进入移动互联网时代，支付技术在移动终端兴起并得到充分完善，信息革命的迅速发展给银行传统业务和网点建设带来不小的影响和挑战。尽管银行仍然重要，但不可否认的是，如何转型已经成为银行在未来发展中不得不面对的难题。在转型中求发展，江苏瑞银产业集团董事长李明目走出了金融创新的"冒险"之路。

挑战：时代拐点下的创业者

2001年从南京大学毕业后，李明目选择进入金融机具销售行业。在北京银联通的五年，李明目从新人做到了公司销售业绩第一。2006年，李明目跳槽到美国迪堡金融公司。又一个五年，这一次，李明目成为这家公司金融机具产品的全球销售冠军。

可李明目并不打算止步于此，对他来说，这两份工作带给他的绝不只有两个销售冠军而已。10年的行业经验，使他对银行业务及金融机具领域形成了完整的认知。于是，李明目毅然决定创业，2011年他创立了江苏瑞银，公司主要业务依然是金融机具代理。

科技的变革，加上现有市场的饱和，市场风向发生了变化。创业没多久，李明目就遇到了一个难关。看着同行们或离开或倒下或转型，商业嗅觉敏锐的李明目开启了转型之路。

革新：传统行业与智能时代的碰撞

2013年，李明目带着不足20人的团队，着手研究智慧银行的可行性。

"实际上银行的受众面是很广的，只要是持卡的用户，都是有能力产生消费行为的用户，我们可以把他们看作银行的目标用户。而这些用户的需求，不仅仅只有存贷汇的需求，还有衣食住行等生活方面的需求。"基于这个理念，李明目关于银行的定位有了一个新设想。在他看来，银行未来的发展方向绝对不是简单进行传统业务的信用中介，而是一个解决客户需求的服务场所。

由于传统的经营模式限定，银行虽然拥有广泛的用户，但是这些用户对于银行的需求还停留在基础的金融服务上。所以，充分发挥银行的用户优势，进行资源整合，延伸服务边界，成为智慧银行模式中的关键点；另外从社会经济发展形态来看，数据是人类未来的核心资产，该如何根据数据资产实现变现，完成模式闭环？怀着这样的思考，李明目开始了未来银行形态的构想。

经过一年的努力，李明目的智慧银行解决方案终于落地。他先是根据各个银行网点的地理位置、客户群体的不同提出了各具特点的设计方案，然后弱化机构管理功能，实现了银行降本增效、增强营销、优化管理、提升客户体验的目的。

商业模式的成功，使李明目成为业内屈指可数的"最会赚银行钱的人"。在无数同行被时代抛弃的情况下，李明目凭借智慧银行解决方案活了下来，并且找到了一条适合自己发展的道路。这次转型成功也让李明目深知，企业的发展不能仅靠单一的产业，构建完整的业务生态，才能提升企业的全面竞争力。

领航：服务产业链开拓银行蓝海市场

作为专业的银行运营服务商，李明目意识到"想客户所想"只是企业生存的基础。在时代发展下，能以客户角度去思考企业未来的发展方向，并满足客户转型时的技术及资源需求才是企业长盛不衰的根本。

此后，江苏瑞银开始了瑞银科技、瑞银电商、瑞银传媒、瑞银教育、瑞银资本及瑞银健康等多个产业于一体的多元化布局。如今，江苏瑞银服务的银行网点改造项目已经遍布全国各地，其中主营智慧银行解决方案的瑞银科技，更是成为了国内唯一一家为传统银行提供全方位智慧改造解决方案的供应商。

在别人眼中，李明目已经功成名就。可在他看来，这只是创业中的某个阶段。谁又能预知，正在转型中的传统银行，会不会在下一个转折点来临时面对新的挑战？只有不断创新，自我变革，才能在市场风浪中立于不败之地。

本篇作者　刑志雨

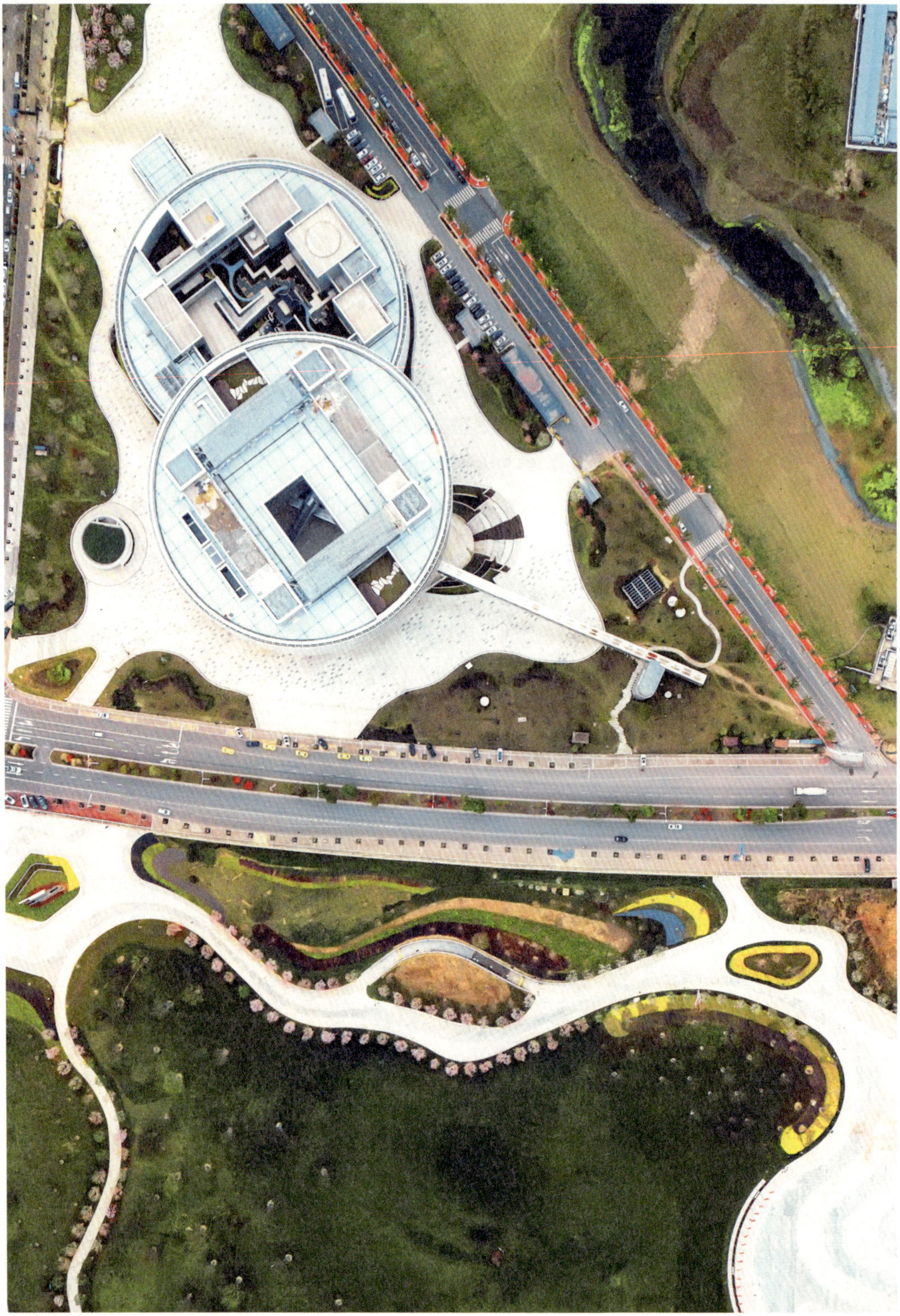

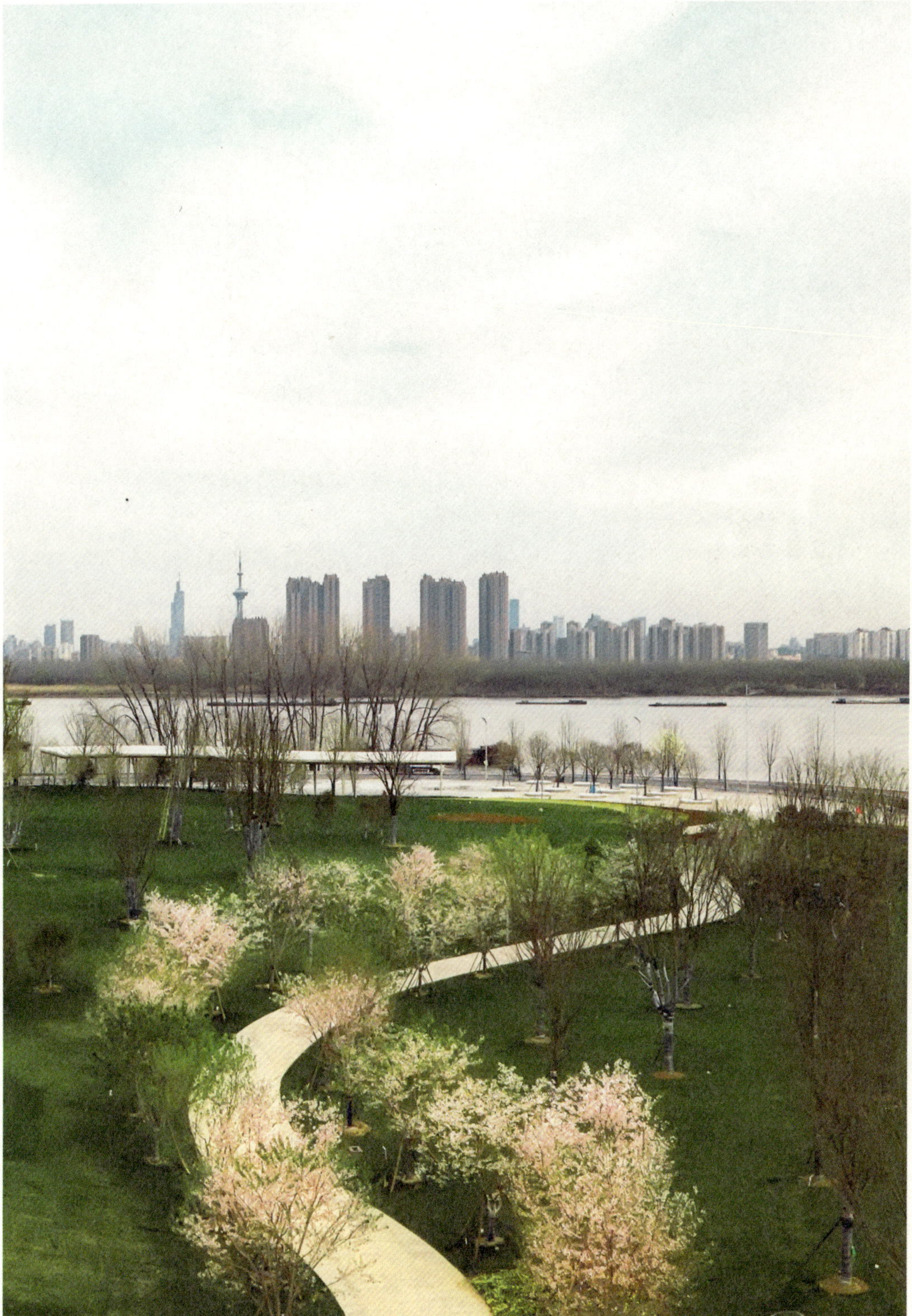

后
CHAPTER FOUR
发

"难"也是如此,面对悬崖峭壁,一百年也看不出一条缝来,但用斧凿,能进一寸进一寸,得进一尺进一尺,不断积累,飞跃必来,突破随之。

——华罗庚

敬畏资本，
从优秀到卓越

兰璞资本

创始人 黄节

【对资本我怀有一份敬畏之心，因为要对投资人和被投企业负责。】

新一轮技术变革和产业革命的时代已经到来，目前中国高科技产业发展仍处于初级阶段，与发达国家存在着不小的差距。随着国家政策扶持力度不断加大，高科技行业迎来新一轮投资热潮，一级市场嗅觉敏锐的投资机构把握先机，争相进入高科技产业。

兰璞资本创始人黄节凭借通讯和半导体领域丰富的理论实践经验和20多年的跨国公司管理经验，用创新思维探索投资对行业产生的影响，实现资本、技术和人才的交互赋能。

敬畏资本，开拓创新

"2015年时投半导体公司需要勇气，现在几乎人人都在投半导体公司。"

从北电网络到英特尔，从通讯到半导体行业，丰富的管理经验让黄节判断行业发展的方向向来精准强劲——在中国半导体行业发展初期，他就看到了这个行业的投资潜力。

凭着对行业投资潜力和中国国情的理解和信心，以及多年积累的对人才和技术的识别和管理能力，黄节离开相对舒适的外企高管圈，转身投入到创业浪潮中，让市场考验自己的能力与决断。

创业初期资金多来源于亲朋好友的信任，黄节在感动之余更深感责任的压力，唯有努力工作避免或减少出现投资回报不理想的风险。在国内各地政府还未对集成电路产业产生浓厚兴趣的时候，黄节预见到南京江北新区将成为中国半导体工业重镇的前景，快速地成立一只亿元基金，专投集成电路产业。

"江北新区有着仅次于北京的优秀人才优势，地理位置覆盖长三角，资源要素链接北京和上海地区。随着台积电落户江北新区，半导体行业会形成快速集聚现象。"

半导体项目通常难以短时间验证投资回报，黄节吃透半导体行业历史与发展前景，总结出一套自己的投资心得。

"中国的技术发展历史进程是：先从无到有，然后从高科技进入传统领域打破市场格局，再到如今亟待突破性技术的发展和应用。我将这个进程理解为深度科技。"黄节解释道，"拥有一二十年行业经验，且有专利固本、高门槛的技术领域才算深度科技，这类技术在未来更具市场活力，也是目前中国稀缺的技术领域。"

对待投资人的钱，黄节非常谨慎。他将风险控制到最低，逐年倍增的项目考察，投资的企业也在行业内崭露头角，印证了黄节投资项目判断的独特眼光。

五年时间，黄节以犀利精准的投资直觉和过硬的实力，赢得江北新区和投资人的信任，现已开启了第二期资金投入。

谨慎投资，战略判断

对黄节而言，8小时工作时间是不够的，但工作不局限于办公场地。黄节的工作法则是动脑思考即是工作，无论是生活休闲的间隙，还是运动玩乐的瞬间，只要脑子还在思考工作，他的"工作时间"就在进行时。

黄节游刃有余的工作离不开一支精干的团队。兰璞资本的核心团队，在半导体和通信领域具备丰富的战略规划、产业运营和管理经验；团队对技术、商业模式和创业人才组建有极强的判断力及投后辅导和管理能力。

"企业发展不可避免会犯很多错误，但战略性决策不能错。"黄节严肃地重申战略性决策的定义，"决策做出以后不可更改或者更改成本极高就是战略性决策。"

以VIP理念服务于投资人与被投企业，黄节说："发现潜在投资价值（Value），正直的价值导向（Integrity）和合作伙伴的服务精神（Partner），就是我们给出的VIP服务理念。"一如公司取名"兰璞"，即有能力在美玉未经雕琢前发现其价值，加之正直如兰的服务态度，是多方合作伙伴的共赢。

创业没有条条框框的界限，黄节自知自己的强项和弱项，毫不犹豫地选择可依赖信任的团队成员，个性互补、成就彼此。无消耗的内部工作环境，透明民主的战略判断，将乐观进行到底，以底线思维预估风险，都是促使黄节谨慎并有效投资的有力助推。

黄节的投资创业之路正接受市场检验，见证其从优秀到卓越的人生跨度。

本篇作者　莫敏玉

布局人才培养生态链

龙芯中科技术股份有限公司
教育事业部总经理 **杨昆**

【培养优秀的集成电路人才，破局基础型人才稀缺的基本国情，是我不懈努力的意义。】

当前，中国自主信息产业发展蒸蒸日上，CPU、OS、整机、基础软件以及集成电路都是促进信息产业发展的重要基础。构建体系产业链和提供产业人才支持必不可少，但中国基础型人才匮乏。基于传统计算机教学存在的普遍性问题及现状，教育部高等学校计算类专业教学指导委员会提出，在高校计算机类专业中推动系统能力培养的重大课题，并成立了以系统能力培养为目标的计算机专业课程改革项目组。

龙芯中科技术股份有限公司教育事业部总经理杨昆博士作为人才培养计划创改人员之一，积极呼吁高校学子深入掌握数字电路、计算机组成原理、操作系统、体系结构等课程，养成具备系统能力及操作能力的基础型人才，为中国自主信息技术研发与创新做足准备。

助力人才培养

龙芯中科研发的三个自主可控系列CPU，已广泛应用于通用类、安全领域类、嵌入类等产品。研发过程中所需攻破的技术壁垒皆来自企业人才储备，为此龙芯中科专门成立教育事业部，作为企业人才输出口，杨昆成为专司人才培养的负责人。

由龙芯中科与清华大学、北京航空航天大学、南京大学、北京大学等20所高校共同发起，组建系统能力培养推进工作委员会，服务于联盟内从事计算机系统能力培养课程建设、人才培养和理论技术研究与实践的高校与企业。

"就像汽车专业不是要求高校培养专业的驾驶员，而应该培养出能制造汽车的人；系统能力培养也不是培养高校学子怎么应用计算机技术，而是要培养他们成为有研发技术能力的基础型人才。"杨昆说，"龙芯中科参与进来，目的就是将专长CUP研发技术普惠更多的学子，将先进的国有自主研发技术推广到各个高校，结合八大示范性学校的推广经验，为国家及企业培养优秀的有创研能力的技术人才。"

聚焦自主可控在教育领域的融合创新发展，龙芯中科依托工委平台，将持续开放资源，推进龙芯大学计划、课程建设、师资培训、学生创新实践、产学研合作、大学生竞赛等方式，将龙芯先进科技融入教育体系；支持大学老师进行教学改革，助力教指委系统能力培养，携手合作伙伴打造更优质的产业生态体系。

"教育事业部以企业不涉商业机密的开源计划，将GS132、GS232两款CPU核心技术面向高校和学术界开源，提供设备及系统技术支持，与合作院校开发相关的实验课程。"杨昆举例道，"授人以鱼不如授人以渔，首先需要培训的是教师的工作。为高校教师开展线上线下技能和授课培训，以专业课讲授、实训项目支持、教学管理支持，协助高校完善学科教学，建设高水平的师资队伍，与学校共同培养出应用型人才。"

开源计划推广以来，高校学子专业水平得到了较大的提高。杨昆深知，IC设计不仅需要研发实力，也需要经得起市场化检验。对此，杨昆与教育部计算机类教学指导委员会专家组一起推出了龙芯杯全国大学生计算机系统能力培养大赛作为教学的检验标准。比赛得到中央网信办的大力支持，由中央网信办信息化发展局作为指导单位，并指派中国互联网基金会作为主办方，通过大赛以赛促学，以赛促教。

布局产业生态链

在普遍以应用为大赛标准的赛事里，龙芯杯别出心裁，以设计为基础要求，要求参赛团队完成一个CPU设计，使大赛具备更专业的竞赛水准。

第一届参赛师生舍弃暑假休闲时间，两个月沉浸在磨炼心志的设计研发中。梅花香自苦寒来，那一届进入决赛的学生很多被保研，更有不少学生以能力赢得各大企业的橄榄枝，为龙芯杯打响了名号。

"第二年，参赛学校还发生了一件趣事。本来参赛团队只有8个人，没想到报名的有80个人，学校不得不举行校内PK，择优参赛。"杨昆笑了笑，又严肃地说，"这件事对我的触动很大，我觉得我更有义务办好每一届比赛，开发更多的参赛领域，选拔出更多优秀的人才。"

随着龙芯产业生态链的拓展，新的自主生态基地落户江北新区，与北京总部形成一南一北的生态布局。"作为人才培养项目负责人，落户江北新区就是看中其扩展人才培养联盟的可能性。这里聚集了相当多的集成电路头部企业，产业链上下游企业也正在汇聚。"

　　围绕龙芯中科的企业生态正逐步形成，杨昆满腔热忱，准备下届龙芯杯赛事，力图开创更新颖的参赛模式，积极扩大龙芯中科的影响。

本篇作者　莫敏玉

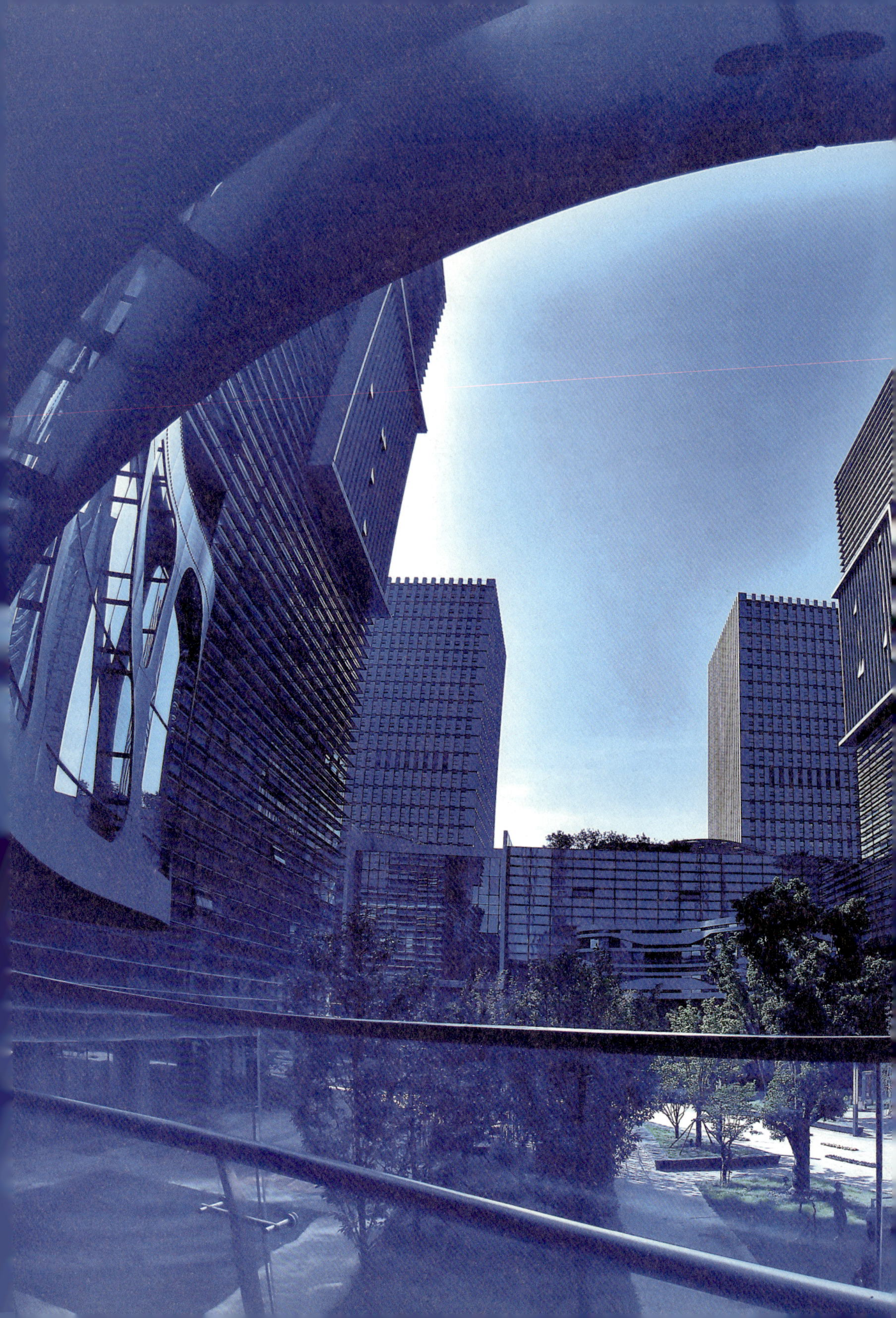

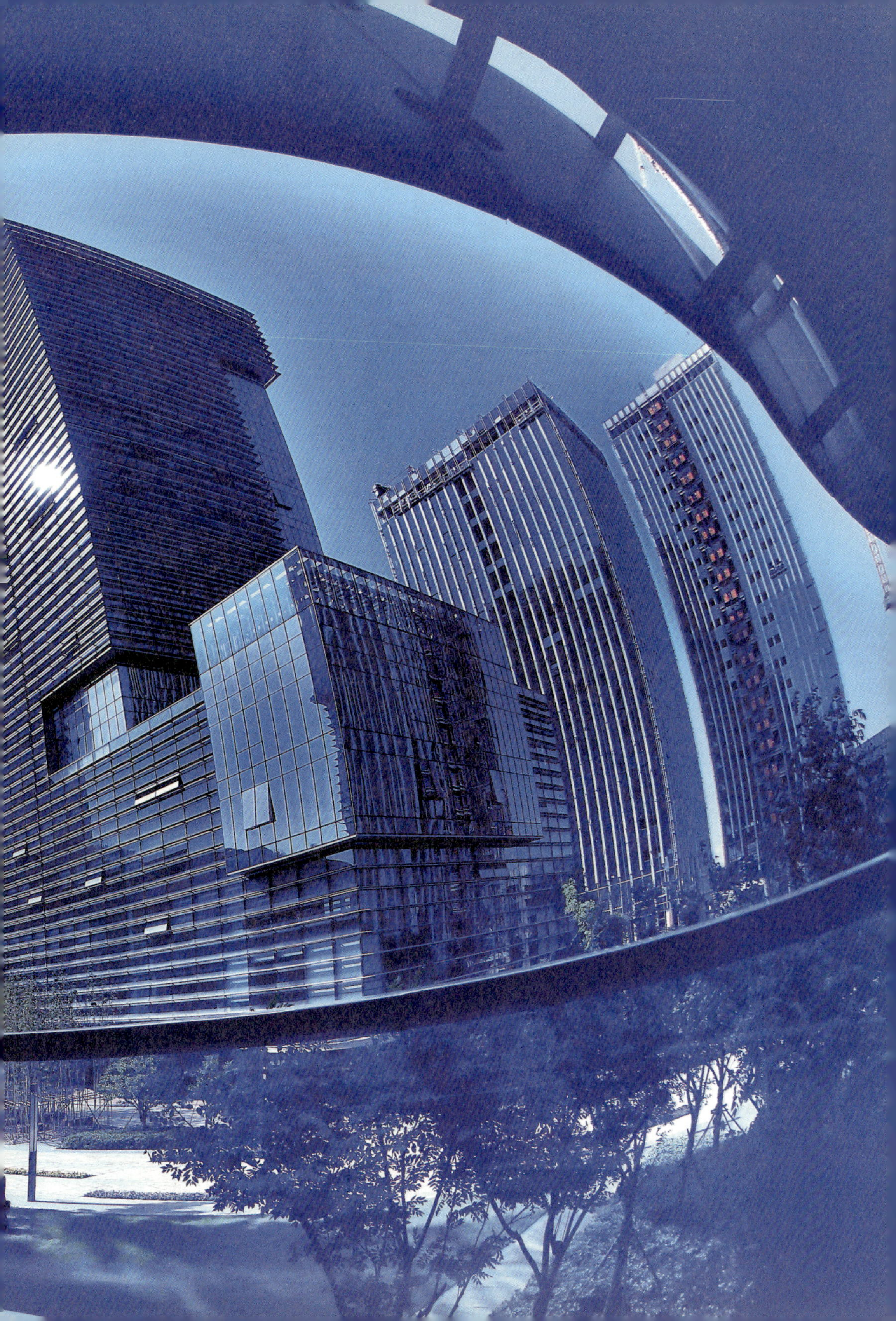

打造产业互联网
一站式保障平台

南京大麦传媒科技有限公司
创始人 **仓翰林**

【我创业就是为了让客户获得良好的交易体验，让生活更加便利快捷。我相信，专注于产业互联网生态的发展，一定有更广阔的未来。】

电商市场细分领域越来越精细的今天，产业互联网的未来发展将趋于垂直化和区域化。产品垂直市场更具专业性和针对性，有利于供需双方高效率地找到市场需求和客户群体，产业互联网的用户定位也更加精准。

拥有电商基因的仓翰林，一直关注产品互联网产业链的专业化和个性化服务。自回国涉足产品互联网创业以来，他整合产业上游优质货源，拓展下游产品多样化运营；自建仓储和物流，致力于用创新模式打造一个颠覆性的产业互联网保障平台。

让互联网技术和新型电商理念普惠千家万户，为企业产品提供一站式解决方案，南京大麦传媒科技有限公司创始人仓翰林的创业道路清晰而光明。

掌控事业发展节奏

热血沸腾的冲动是每个人年少的专属徽章，仓翰林一直认为自己的创业选择，跟怀抱梦想的年轻人一样，孤勇而直往。

"我创业的初衷就是为了过得更舒适。"仓翰林对于舒适有着自己的见解，在机关单位朝九晚五的安稳舒适的生活是大部分人的向往，但对于激情仍在的仓翰林来说，一眼望到头的职业生涯让他产生了动摇。

创业初期，他经营一个小饭馆，每天天不亮就起床买菜，准点到单位报到忙到下班，再赶往小店帮忙直到深夜。即便只睡三四个小时，仓翰林依然精神抖擞地奔波于他的产业。这大约就是他选择的"心理舒适"，仿佛有用不完的精力。在勤恳努力下，仓翰林的初次创业在第二年就实现了盈利。之后，举家前往英国生活，仓翰林依然身兼两职，开启了深耕互联网电商的切身累积。

"年轻人创业可以选择一个小事业累积创业经验，即便失败也在自己的承受范围之内。"仓翰林一直清醒地认知创业的每一步，"有了第一次创业的经验，再接触互联网电商，我的直觉先于思考就知道这一行业是有戏的。"

他看到了做快销产品运营的互联网产业转型，帮助快销产品走上电商化道路是未来的趋势，于是，雷厉风行地开始了第二次创业。企业高速增长的利润数字和快节奏业务追求，无不彰显他的第二次创业获得巨大的成功。

"初创企业一年盈利千万，是会冲昏头脑的。"仓翰林毫不避讳直面内心的渴望，"但高速发展带来巨大的压力和资本挑战，时刻提醒我事业发展是有节奏的。"

依托于深厚的电商资历和经验丰富的专业团队，仓翰林冷静地意识到，行业转型是有自身规律的，一步步跟随行业潮流踏上正确节奏，事业的大船才能不被浪潮掀翻。

探索行业前景

以变应变，以不变应万变。无论是创业路上的意外，还是行业变化带来的种种困难，仓翰林始终保持正确的心理预期，以清醒的认知去探索行业前景。

打消疑虑的最好方式是脚踏实地去做产品市场调研，摸清行业脉络——仓翰林主张做熟不做生，吃透产业互联网上下游，做新零售产品转型服务商。

"创业是一件很有冒险精神的事情，需要有承担责任的心理准备。"仓翰林说，"除了勇敢，还得有较强的执行力。"

他坚持落地做好一件事，杜绝假大空的设想，积累实践经验。在探索前行的道路上，仓翰林看到行业发展到一定程度，因经济释放而产生内部产业结构调整与优化，他认为产业互联网转型是必须历经的进程。

依赖于江北新区各产业的高速发展，以及人才政策、企业税收减免等成熟的营商环境，仓翰林在此打造出完善的产业互联网生态，更贴近技术创新、更接近市场、也开拓了更为宽广的营销渠道。江北新区成了他的产业"试验田"。

本篇作者　莫敏玉

工业空调领域的
低调"冠军"

南京天加环境科技有限公司

董事长 蒋立

【古语有云,苟日新,又日新,日日新。坚持做好每一个细节,不断创新进取,这就是我三十年如一日的真实写照。】

从纳米芯片制作到医院病房，再到药物生产，都需要空调调节温度、湿度、颗粒浓度以及化学浓度等，这些领域的空调有另一个名字：洁净环境系统。

蒋立就是这个行业的佼佼者，他所创立的南京天加环境科技有限公司是中国专业洁净环境系统集成供应商与服务商，空气处理机组在专业领域连续9年全国市场占有率第一。

建立一个真正健康、舒适、节能、智慧的环境系统，是蒋立设立的目标，他一直为之努力。

一场骗局引发的创业

20世纪90年代初，蒋立在海南可口可乐担任工程主管一职。某天，朋友找到蒋立，砸金百万邀请他主管一个平台公司，要知道当时普通人的月工资只有不到100元，100万就像伊甸园树上甜美的苹果，没人能拒绝。谁知他上任后，公司资金被抽走了98.5万，剩下的1.5万只够公司一个多月的开支。

"既然已经出来了，就当万事开头难吧。"蒋立一咬牙接下了这个公司。从此只要能赚到钱，他什么活都干，修过空调、冰箱、做过装修。命运似乎特别垂青这个努力的人，事情终于发生了转机。

他说："这应该算是我积下的善缘。"当时全球最大空调冷冻公司之一的美国约克公司正在海南找代理商，海南可口可乐建筑设计单位的华东设计院向约克推荐了蒋立。尽管有了可口可乐的背书，蒋立也只获得了约克的临时代理。他不服输，不到两年时间，就成为约克在中国乃至北亚地区最大的代理商。

天加就是在这样的背景下创立的，他说："天加的意思是每天努力每天加油，不努力不加油就活不下去。"

拓宽技术边界

早在1998年，天加就拿下第一个发明专利，迷宫式空气处理机组。接着，天加建成国际最高等级ISO1级的超净环境集成系统，该技术获得中国机械工业领域最高奖项——中国机械工业科学技术一等奖，为中国微电子芯片制造、大型平板显示器以及生物制药产业升级提供了必要的技术条件。

蒋立可以骄傲地说，中国大概有8000家二三甲医院，其中6500家选择使用天加的空气设备，用于手术室、ICU病房以及检测中心等对空气要求极高的地方。在洁净空气这个领域，天加无论在服务上还是技术上，几乎所向无敌。

蒋立深知只靠自己埋头研发远远不够，眼光必须投向世界。

2015年，天加与美国联合技术公司（UTC）建立全球战略合资合作，并购了UTC旗下普惠公司的Purecycle系列ORC低温发电系统；

2018年，天加并购全球磁悬浮中央空调（OFC）的技术创始者与领导者SMARDT；

2019年，天加热能携金鹰国际联合收购了全球第二大ORC地热发电装备制造商，意大利Exergy。

一系列大刀阔斧的并购合作，让天加成为全球首屈一指的洁净环境及热能利用的系统供应商和服务商。

虽然在技术上天加与国际不断接轨，但海外销售市场的开拓却相对保守。其实，早在2003年天加就曾进军国际市场，2006年海外市场年收入就达到8000万以上，可蒋立叫停了海外销售，原因是他看到了天加在海外市场技术与服务上的乏力，尽早撤出，努力提升技术与服务水平才是硬道理。到2016年，天加才重启海外销售渠道。如今，天加已在海外市场站稳脚跟。

用制度与人才与未来赛跑

　　蒋立坦言，中国工业空调市场已经饱和，想要长久存活，必须依靠人才和健全的企业制度。他举了老东家可口可乐的例子，一瓶充气糖水能销售到全世界，成为拥有几十万员工的产业帝国，靠的是严格、规范、人性化的企业制度。天加不断引进业界先进的管理理念、制度、方法、工具，持续探索适合自己的可持续发展道路。

　　人才方面，蒋立主张建立和投资企业技术中心、企业院士工作站、博士后工作站，培养专业技术团队。天加总部基地一期建设投资高达6亿元，建成国内等级最高的环境控制研发基地，拥有30多个国家认可的CNAS实验室，让技术研发与人才成长相辅相成，以创新为驱动力，推动产业与技术再升级。

本篇作者　莫敏玉

亲笔书写互联网票据的神话

同城票据网
创始人兼 CEO 曹石金

【创业对我来说，就是达到目标、证明信仰的方法。相信自己，相信团队，才能相信未来。】

马云曾说过："大部分人因为看见而相信，少部分人因为相信而看见。"曹石金就是后者。创业便是他的信仰，仰望星空，脚踏实地，一手打造了互联网票据帝国。

传统纸质汇票蓬勃发展的30年，也是中国市场经济崛起的30年。作为市场庞大供应链当中的结算媒介，传统汇票对民营经济的推动和货币在资本市场的流通，有着无可替代的积极意义。然而，伴随互联网时代的来临，在数据赋能、媒介赋权和区块链逻辑驱动下，以银行承兑汇票为代表的纸质汇票生态体系不得不面临结构性转型。

曹石金，同城票据网创始人兼CEO，开辟了互联网时代汇票的数字化转型之路，解决了过去纸质票据市场真假混杂、交割成本过大等痼疾，这让他一跃成为互联网+票据平台创业的先行者和领头羊。

点石成金的希望与金石为开的专注

曹石金出生在六合，父亲给他起名为"石金"，一方面象征着物质上点石成金，另一方面希望他精诚所至，金石为开。曹石金更喜欢第二层含义，它透露着最朴素的生活哲理。

曹石金就读南京大学法律系，毕业后进入中国网库，成为一名销售，开始做企业黄页推广。"电器、家具、建材，只要是企业，我们都推广。"曹石金说，在城市公交没那么完善的年代，做销售就靠一双腿，从城南走到城北。

世纪之交的中国，百废待兴，很多企业不懂互联网，也不愿懂，导致曹石金推广企业黄页的工作屡屡碰壁。但他明白，市场的转型需要一个过程，人们接纳新事物同样需要一个过程。从客户到用户，需要的不仅仅是说话之道，要沉得住气，能打持久战。

2007年，在网库工作已满6年，销售工作为他积累了大量的企业合作管理经验。离开网库后，曹石金选择以承兑汇票据作为互联网创业的起点。其实，在正式进入互联网+票据领域之前，曹石金已经在承兑汇票市场扎根多年，并将线下纸质票据市场做到江苏省第三名。

打造"互联网票据",底气与实力兼备

　　传统票据市场的利润与顽疾就像一对双生儿,即便建立起完善的风控体系,纸质票据在防伪、克隆以及线下交割方面存在的问题,依旧是线下票据市场的巨大隐患。这亦是曹石金转向数字票据平台最根本的原因。规范化、安全度高的平台可以规避传统汇票市场的风险,节省交割成本,打破原有的空间和时间壁垒,进一步扩大和发展票汇市场。

　　曹石金最开始尝试的是"票据+互联网"的思路,"创新一定是结合实际的,早一步晚一步都会导致失败,领先半步才有可能成功。"2012年,中国几乎不存在互联网电子汇票,整个票汇市场99.9%都由线下纸质票据构成。将纸质票据强大的物理属性转入互联网的拟态环境,光这半步,曹石金整整走了三年。2015年的时候,曹石金和他的创业团队开始一次次尝试,从平台搭建、产品运营,到市场渠道,他屡败屡战,可始终一往无前。

　　直至电子票据问世推广之后,这种迷茫的阶段开始出现新的转机。电子票据能够转让、贴现、质押、托收等,实现同实物票据一样的功能。2016年,中国人民银行开始推广电子商务,加强金融改革创新。此时,市场便需要一个强大可信的第三方来完成交割,这便是曹石金的转机。原本"纸质票+互联网"的模式无法突破物理介质的局限,但有了电子票据这一数字化媒介,自然而然成为改革票据交割方式、提升电子票据市场流动性的正解。

是放弃,还是抓住人生中最大的机遇

　　从2012年到2016年底,曹石金的创业团队已经试错、摸索、探究接近五个年头,最后还是以失败告终。公司高管接连离职,投资金额耗尽,每天一睁眼就是公司日常运转的开销,放弃的念头不停萦绕在曹石金的脑海里。2017年的春节,是曹石金人生中最煎熬的一个春节。1000多万的前期投资见不到回报,失望和焦虑仿佛一记记闷拳,不断击打着他。他问自己,还应不应该走下去?

好在当时的南京江北新区在宣传和资金上给予曹石金很大支持,区里的领导对他所做的创新也给予肯定,这给低谷中的曹石金不小的信心。

放弃,是当时最容易的选项。然而,曹石金思考的是:"放弃了线上票据之后会怎样,我以后要不要做事情?如果要做事情,势必还会遇到类似的困境,我又该如何?"

这个门槛跨不过,未来又何以保证自己仍有披荆斩棘的勇气?曹石金说:"在我看来,票据市场当时的乱象,意味着未来的发展一定是平台化、电子化。这个是我能够看到的人生当中最大的机遇。"

为了应对公司的财务问题,曹石金以个人名义贷款500万,投入平台运营。这一次的破釜沉舟,终于让他的事业迎来了柳暗花明。随着电子票据普及率上升,平台的发展也势如破竹,前期的投入让曹石金的公司迅速进入状态。在亏损近7年之后,2018年曹石金完成扭亏,2019年就实现了盈利。

互联网金融科技普惠小微企业

长期走访各类企业,曹石金发现,大企业并非他的主要客户,大企业在票据资产贴现方面往往已经建起固定的体系,而中小微企业没有议价能力,通过他的同城票据网,也能实现安全交割。从这个意义上,同城票据网就是为中小微企业的小额票据资产提供撮合融资的服务。

同城票据平台上融资最小金额是1400元,这1400元人民币的承兑汇票,折射出处于供应链末端的中小微企业对现金流的渴望。如果企业选择用票据支付采购款,财务成本节约5%,能解决企业一直以来的融资痛点。

"我们这样的服务商,就是嫁接资金方和资产方的市场,起到一个桥梁的作用。今年撮合交易的6933亿承兑汇票资产匹配到资金方,给他们直接降低了财务成本，基本上在14~15亿人民币。我们还给他们带来效率的提升和安全度的管控，小微企业的融资人足不出户，就可以把票据资产变现，大大提升了票据流转的时效性。"

普惠中小微企业，让票据自由流转——为了这样的愿景和信念，他坚持每天工作16个小时，带领公司团队，加大科技研发和线上投入，逐渐让公司走上正轨。越来越多的企业接受线上票据，越来越多志同道合的伙伴加入他的团队，齐心协力做好同城票据网这个平台。

如今，同城票据网在全国同类平台占有率达75%，未来随着大数据、云计算、5G等新技术的成熟，金融科技与票据市场的合作将会更深维度地融合。数字赋能的金融资本优化重构了小微企业融资的方式和流程，为这些企业的快速发展保驾护航。同城票据网的成功，是供应链金融创新的最好诠释，也蕴含了春风吹又生的盎然生机。

本篇作者　顾明敏

106 / CREATOR STORY

CREATOR STORY 创想者

革

CHAPTER FIVE

故

一切固定的古老的关系以及与之相适应的素被尊崇的观念和见解都被消除了，一切新形成的关系等不到固定下来就陈旧了，一切固定的东西都烟消云散了……

——（德）卡尔·马克思

被金融"耽误"的科学家

含元资本
董事长兼 CEO **胡煜**

【创业,就是首先要接受挫折,然后才能更好地解决问题。我希望与企业共同创新发展,给行业带来新生力量的同时,也能为人们提供新品质服务,创造新城市生活。】

随着全球新一轮科技创新潮的兴起，中国经济处于转型升级的关键期。当科技体制改革进入新的纪元，当大院大所里的科技成果走进商业轨道，资本入海就显得理所当然。

含元资本董事长兼CEO胡煜在看金融和科技创新的发展关系时，预见到科技创新会成为国家战略发展的关键所在。关于胡煜的科技创新与投资关系的创想，要从他的读书时代开始翻阅。

创想蓝图的三个思考

作为大家眼中的学霸，胡煜投身金融行业前的履历显然是奔着科学家而去的——保送中国科学技术大学攻读计算机学士，获得美国芝加哥大学的全额奖学金攻读计算机硕士和博士学位。在获得博士学位的同年，胡煜顺利通过了特许金融分析师（CFA）的三级考试，并取得了执照。

"我当年想的是用科技报国，没想到后来做了金融。"胡煜幽默地说，"我是个被金融耽误的科学家"。

创业前期，胡煜的创想蓝图是有步骤、分阶段进行的。"一旦决定创业，创业者要思考三个问题，"胡煜说，"首先明确创业打造的平台是否是社会需求的。"

转做金融，胡煜是认真的，创业也是认真的。通过不断地升华与提炼，含元资本提出设计师、缔造师、践行者的角色与使命。发挥设计师的角色，为企业的发展设计高格局、多维度的战略。充当缔造师，凭借对企业的深入了解，对产业的深刻分析，帮助企业乃至产业去发现、挖掘更深层次的价值，帮助他们去创造需求；和企业并肩完成战略目标的实现，如资源、人才、行动策略等。还要当践行者，始终本着合伙人的心态和"10101投资+投行"的实际行动，践行，致远。

"第二是否有坚定的决心和扎实的行业基础，这是创业的资本。"2007年，胡煜经过7轮面试，闯进高盛集团投资银行部战略组，在诸多项目实施中深刻领会高盛的先进理念。随后，心念报国的胡煜回国，进入国内投行界头部公司中信证券工作。逐渐地，胡煜在心里构建出自己理想投行与投资模式的雏形。科技是这个时代最大的红利，要收获红利，就得寻找科技与金融之间的跨界联系。

"第三是善于沟通，用人唯信，科学管理团队。"这一点胡煜在读书时期就交出了一份令人满意的答卷。在芝加哥大学读书期间，他做了两届中国学生学者联谊会主席，并在纽约工作的时候，创建了北美金融圈华人组织——文化和职业俱乐部（Culture and Career Club）。他学生时代的管理才能无缝延伸至工作中，再应用到创业中来。

胡煜的创想蓝图，经过创业前期的积累和深度思考，在国家科技产业基础建设中预见了未来。

科学解析自我

"创业遇到难题挫折是每个创业者必经的道路。"胡煜说，"我们能做的是先接受挫折，然后才能更好地解决问题。"

为了排解创业路上的心理忧虑，胡煜自学心理学，用科学解释自己的行为情绪。深受中国传统文化影响的他也表示，专研国学专著，他并不会用理性思维去理解，而是更享受在古人的智慧下洗涤焦虑，从而达到自我成长的目的。

胡煜的创业之路也有修炼的意味，抑或说，这是胡煜的一场心灵洗练。"元含万象，万象含元。"胡煜解释道，元乃万物之本，所有事物均归结于元，包含万物本源之意，其寓意是利用自身强大的资源及整合能力，来合理调配资源，服务于万事万物。

以北京为集团总部，投资总部落户南京，除却这是一处国学兴发之地外，这里也是中国最具投资价值的科创名城之一，而江北新区又是南京最具发展前景的热土。含元资本在这里陆续引入中科院、中科大、牛津大学等优质科技成果转化明星项目，利用专业投行的资源整合能力，联合打造独角兽企业，形成人才汇集的产业基地，不断为江北新区注入科技发展的动能。

　　胡煜关于科技创新与金融关系的创想，在这里得到高度自由的施展。

本篇作者　莫敏玉

改变一个行业，
改变一个现状

江苏长三角智慧水务研究院有限公司
院长 **刘敏**

【创业，有时候是为了改变。改变一种局面，一种现象，甚至一个产业链。用技术去改变未来，我期待这一天。】

随着5G时代的来临，人类社会生活和科学技术迈入一个全新的时代。法国作家雨果说"下水道是城市的良心"，城市管网作为人类文明进步的指标之一，其产业智慧化、智能化，成了许多环保人士及企业的研究课题。

智慧水务，既是智慧城市的重要组成部分，也是环保行业的核心领域。作为江苏长三角智慧水务研究院有限公司院长，刘敏希望通过自己的能力与努力，去改变这个行业，这个现状。

环保是人类共同的事情

也许是小时候生活在农村的缘故，刘敏对环保与生态有着很生动的认识："当你在路上能看到很多动物的时候，就说明环境真的很好了。"

小学五年级离家在外上学，一直想要出远门的刘敏，高考选择了上海同济大学。在同济，学生去德国深造是一项传统，但毕业后的刘敏一开始并没有选择去德国，而是进入上海城建院工作。工作期间，参加住建部组织的德国专家在中国的培训班时，他被德国领先的工作理念和前沿技术所触动，于是辞去城建院稳定的工作，前往德国留学。

刘敏是一个喜欢新东西的人，他不喜欢只是发表理论文章。从硕士到博士，再到进入研究所工作，他一直专注于水务技术的研发。在他看来，科研是不间断地创新，是能够实际应用的。

刘敏对德国人的环保意识印象极其深刻——吹暖气不开门，不开窗；如若开窗就将暖气关掉；洗碗不会一直在水龙头下冲，而是先将碗在装满水的盆子里洗完，再去冲干净。

留德期间，刘敏还参与创办留德华人资源与环境学会，并担任第一届理事，筹办了多次学术会议，为留德华人创造了一个学术、工作和商业交流平台，同时也极大地推动了中德在环保领域的交流。

对刘敏来说，环保是人类共同的事情，值得去做。

做一件事情要有使命感

带着自己的环保使命，刘敏回到国内，开启了智慧水务创业之路。

在德国，水务操作已经实现了全自动装备，每一个管网设施都干干净净。而目前的中国，大部分城市都不能确切知道自己管网在什么地方，多大规模，什么状态。

刘敏认为问题在水里，根源在岸上。德国人做所有的事情，都能严谨、认真、踏实，不追求短期利益。这也是刘敏在德国感受并学到的德国精神。在他回国创业的过程中，他亲自参与编程序、写方案、做项目、看现场，给国内城市管网建立一套基于工业物联网的资产管理系统，努力推进和帮助国家形成自己的规范和标准。

他将南京江北新区研创园作为智慧水务的第一个试点，从长三角出发，期望将来再推广到东南亚地区和印度地区。他认为，那将大有可为。

推进目标的过程中，他也遇到了很多的困难：资金链断裂，家人不理解，甚至曾有过心惊肉跳的时刻，但他从未想过退缩。刘敏说："我觉得创业很难，但创业的乐趣也在于此，就像攀登珠峰，因为难才好玩啊。"

作为一名企业家，刘敏带着强烈的社会责任感，进行着属于全人类共同的环保事业，不为追名逐利，只为实现心中那份有意义的价值。

本篇作者　莫敏玉

立根原在破岩中

焦点教育科技有限公司
董事长 **唐焱**

【心之所向，素履以往。做事业，就是要咬定青山不放松，咬牙坚持过去，才能迎来曙光。】

近年来，中国互联网技术高速发展，更优质的教育资源得以更快更好地覆盖到广大人群。互联网+教育已然成为促进优质教育资源共享，实现"发展更加公平更有质量的教育"总目标的重要途径。互联网+教育首次被写进政府工作报告，是对互联网技术在教育行业所起到的作用最大的肯定。

在焦点教育科技有限公司董事长唐焱的带领下，焦点教育致力于打造贯穿"智慧课堂-智慧校园-区域教育云"的智慧教育整体解决方案，以学生为中心，即时反馈、移动教学、探究式学习，建设教育现代化的新范式。

技术影响教育

唐焱一直奉信，知识可以改变命运。

唐焱通过持续不断地学习，让自己在人生选择的每一步都能自信跨越，追寻更高更大的实践平台。"终身学习是很有必要的，"唐焱强调，"我要做的是一个陪伴学生终身学习的终端，让技术改变教育现状，扩大教育影响。"

从"小地方"走出来的唐焱意识到教育的重要性，也见识到教育资源分布不均衡的现状。从事科技行业人力资源管理岗位多年，见证技术应用智慧教育的过程，唐焱心中那把不灭的创业火苗再次被点燃。

"这是我第三次创业，这次创业相较于前两次要幸运得多。"

唐焱主动申请接手曾经的焦点教育事业部，并独立分离成一个创业公司。他对教育事业有着崇高的敬意，想利用自身优势成就自己的第三次创业。他想捉住稍纵即逝的创业机遇，挖掘自身不可替代的优势，做好的产品项目，用互联网基因辅助学校和教育行业共同解决教育公平的问题。

整合资源对于唐焱来说得心应手，但如何将技术与教育资源深度融合，研发出性能可靠、安全，能支撑大规模用户同时在线使用的教研工具，是他持续努力的方向。

"这次疫情改变了很多人的生活方式。"唐焱说，"年三十，我们团队开了一次会议，我预计学生开学可能会有延期，所以会议结论是如果社会有需求，我们就将在线课堂产品免费上架，让学生们停课不停学。"

他和团队提前为学校进行了细致的操作培训，集中录制优质教学资源，以技术传输到教学点，满足了功能丰富、简单易用、综合中小学线上教学的核心需求，将区域优质资源最大化。为100多万学生提供云课堂服务，用技术推动教育事业的发展，唐焱有信心将其做得更好。

改变教育思考

唐焱的创业一开始就带着互联网基因，大数据应用生成用户平台是其优势之一，可以深刻了解到用户的应用反应。基于现代先进技术，他企图构建一个公平开放、互联互动、智能高效的智慧教育生态圈，实现教学内容数字化、信息化。

为了实现区域"云校融合"，为区域教育均衡、优质发展提供了有力支撑，唐焱致力于打造基于人工智能、大数据、物联网的新一代信息技术的教育信息化，探索教学现代化，成为全面覆盖老师及学生课前、课中、课后教与学的常态化智慧课堂。

唐焱坦言，最初创业的最大挑战是对教育行业缺乏深刻理解和认知，以及如何去把握产品与技术的整合方向，以满足高品质的用户诉求。唐焱在资源有限的情况下，借助10多年人力资源管理的工作经验组建了一支专注智慧教学产品的团队，打通线上线下教学模式，从无到有地与政府、学校磨合，并达成战略合作；通过协助学校创新课堂教学，提高学生的学习效率。

其实，当时他最纠结的有两个方向，一个是做快速营收的产品，一个是脚踏实地深入用户，做连接学校与技术应用的桥梁。他选择了后者，因为如果代理快速营收的产品，终究会离用户越来越远。

"创业最大的困难就是方向、团队、资金保证。我要做的就是激发团队的动力，把产品服务做到极致。"唐焱道。

以曾国藩"凭一己之力改变中国现状"为励志典范，在敢为天下先的文化底蕴培育下，唐焱对于教育的思考实践，有着自己的追求与使命。

唐焱将读书作为精神食粮，认真践行创业改变教育的思考，深谙读万卷书也要行万里路的道理，也享受这样常态化的工作与生活。他最近在读《未来学校》，想要倾听时代年轻的声音，更多了解大数据时代下的教育行业，思考技术改变学习场景的无限可能性。

本篇作者　莫敏玉

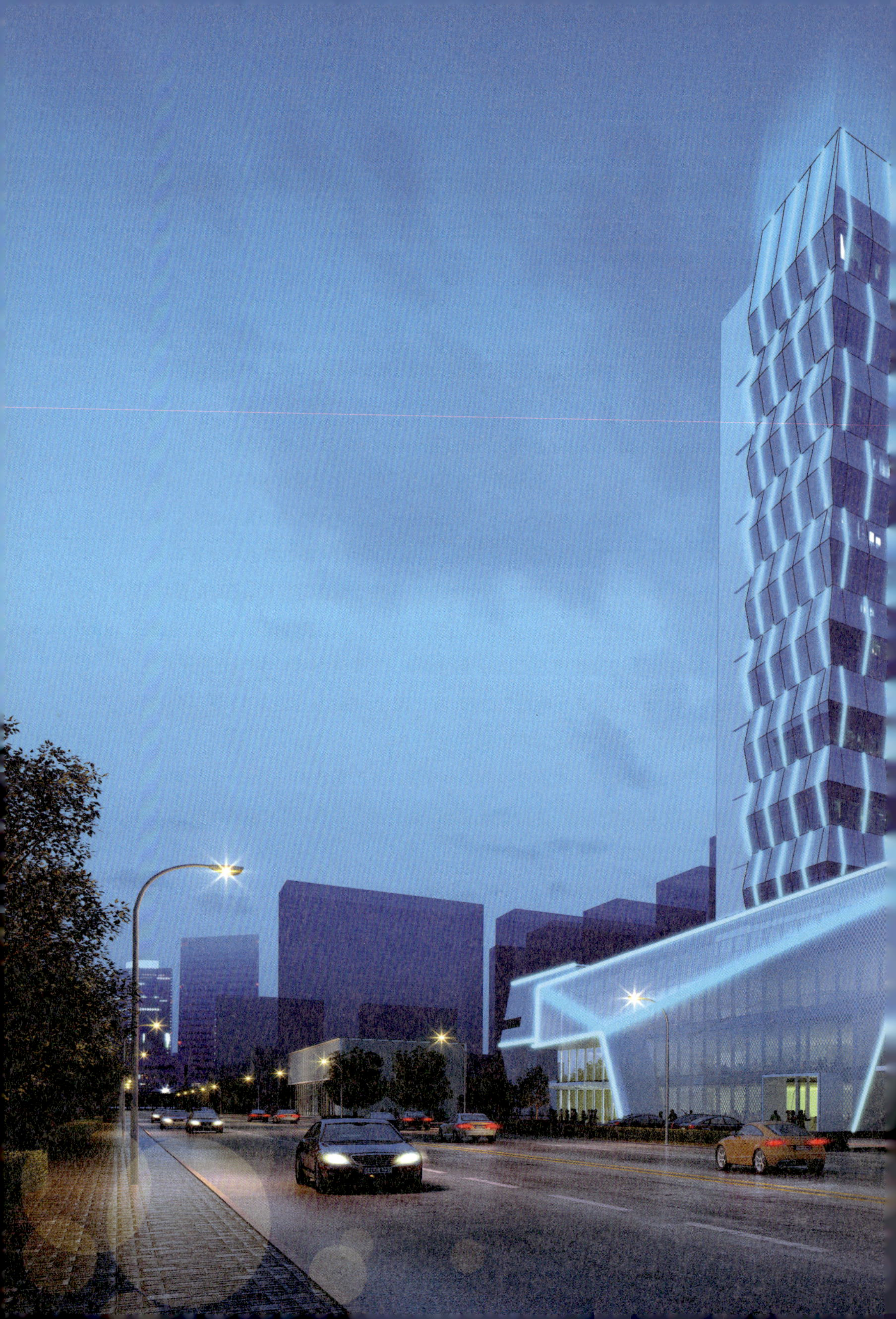

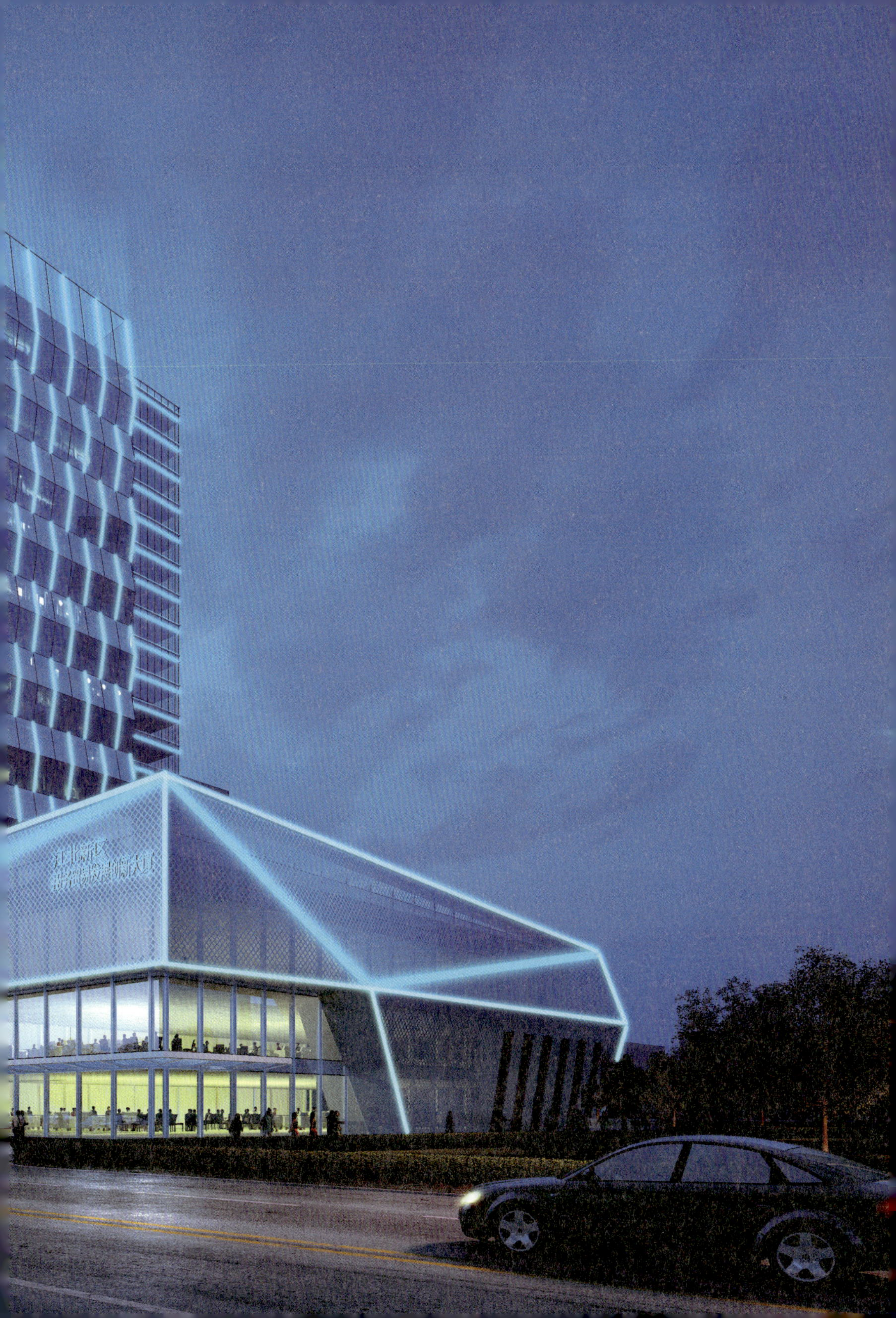

探寻更科学的
保险之路

新一站保险网
董事长 **国婷丽**

【创业如果没办法理出个一二三，那就试着融合与创新。】

随着互联网技术的高速发展，智能生活正悄然改变人们的日常消费、行为等模式。站在互联网与智能化的时代风口，保险业态正历经格局巨变，科技改变了传统的信息采集、分析和使用方法，使得保险行业能提供更准确、高效和直观的价值服务。

　　新一站保险网董事长国婷丽凭借丰富的从业经验，深刻了解科技与互联网结合的特质是以客户为中心，基于场景化的大数据处理成为变革创新的关键要素。产品场景化是互联网保险发展的必然选择。她所探寻的正是实现精准化的用户服务，解决用户根本需求，积极发掘互联网保险价值链的创新之路。

保险与互联网的深度结合

　　作为第一批互联网保险中介企业，国婷丽遇到的很多问题都是新行业发展必经的难点。她在创业过程中找寻行业创新的可能，探索行业的成长发展规律，"保险是传统行业，互联网是新兴行业，将两者结合是自我学习的过程，也是保险行业新模式的探索创举。"

　　她用科技重新定义保险行业技术服务标准，从基础设施支持行业转型升级，在积极拓展保险保障职能、增强行业风险管理能力的同时，引领互联网保险朝着科技化、智能化、精细化的方向发展。

　　国婷丽认为，互联网技术的不断革新，大数据等技术将助力保险行业更深入地挖掘消费者的需求，贴近消费者的生活消费场景，满足消费者的差异化诉求，为消费者提供更好的保障。保险行业正在转向以使用场景、服务体验价值为核心的智能商业时代。

　　为了实现保险产品场景化的探索，国婷丽利用多年累积的数据库精准分析用户画像，通过大数据、人工智能、区块链等多种科技手段细分市场，帮助用户快速定位需求，提供智能保险产品。

　　茶余饭后的时间，国婷丽依然沉浸在互联网信息的世界。对于工作外的"加班加点"，她是这样理解的："没有KPI的指标，也没有加班的压力，这纯粹是我的兴趣使然。这样能让我时刻保持在信息化时代的前端，获得更深刻的思考，有助力于工作的具体实施。"

不断自我学习、尝试与研究，国婷丽首创行业省心赔特色理赔模式。秉持"让保险更保险"的理念，在新时代的机遇下，她引领的保险企业不再局限于保险产品的链接投放，而是在保险价值链的创新道路上走得更远。

国婷丽通过资源整合，打通了消费者群体的上游，从流量端口开始布局互联网保险产品，将其融入实际的消费场景中，从而实现将优质保险产品推荐给更多人。保险销售模式的创新，让企业保险营销的合作伙伴超过3000家，容纳了更多上下游公司。新一网开展线上产品展示、比价、精准营销，线下开拓更广阔的市场占有率，在销售环节开辟出保险企业的新渠道，打造互联网保险场景化服务，构建智慧保险生态圈。

管理与保险行业的同步发展

在国婷丽看来，保险行业的本质还是服务业。

创业的使命来源于客户的认可，国婷丽深知自己的团队擅长技术应用产品，以期与用户达成共鸣。她极其注重理赔与售后环节，将出色的服务能力输送给合作伙伴与用户，维护持续稳定的产出状态。

"既当教练又当运动员，会遇到很多资源障碍，"国婷丽说，"所以我们的售后团队是一群长时间做一件事的人。"

业务领域覆盖越来越广，对接的保险业务系统也越来越专业，接纳了更多供应商的特色要求。售后服务团队的核心是具备客户同理心，为此，国婷丽从不对售后人员做销售考核，也不做销售导向，她认为人工价值正表现在售后。

对于企业发展的道路，国婷丽坚持"以战养战"的管理布局，她把握重要的企业节点，做好企业发展上下游布局，有概念有数字化地逐步实现自己对互联网保险的规划蓝图。

"其实我们用青春和时间去做关于未来的事情就是踏出创业的步伐了，"国婷丽笑道，"而创业者要长期发展，首要做的就是赚到第一桶金，以此作为创业基金，再谈创业成功与否。"

理性管理团队与规划企业发展，感性处理工作与平衡生活，与团队共进退——国婷丽乐观开朗的个性，让她在创新之路上披荆斩棘，游刃有余。

本篇作者　莫敏玉

用互联网+改变传统社会治理

南京松果网络科技有限公司
董事长 **魏正茂**

【因为有梦,我们一直在路上。尽管我不算一个成功的创业者,只能说是一个为梦想而奋斗的社区人。】

互联网时代的变化如一只振翅的蝴蝶，悄然改变着人们的生活方式。当互联网+融入传统社会治理，创新与信息化的新思想新理念，推进了国家治理体系和治理能力现代化发展，极具现实意义和指导作用。

南京松果网络科技有限公司创始人魏正茂致力于基层社会服务工作，将互联网+元素渗透到基层社会治理，探索出一条信息化和智能化的服务平台之路，深度运营基层社区管理形态，让社区治理更加便捷透明，见证城市化建设进程。

"通过信息化、智能化的方式，让全体社会成员迅速便捷地参与社会治理，小到小区，大到整个社会，才会更加平安和谐。"这既是魏正茂创业的初衷，也是其面临的艰巨挑战。

树立品牌形象

在中国互联网发展黄金十年中沉浮，互联网原住民魏正茂对于大数据的分析应用有着独到见解。在时代浪潮里成长，他的创业终是落地于智慧化服务和信息化运营层面。

互联网技术应用对社会治理尚处于初级阶段，先行者魏正茂在创业初期就面临诸多难题，如何解开智慧社区治理难推广、难普及的局面，需要细究技术与人文的融合，真正带给社区居民现代化应用场景。

"我们只有深入群众，充分了解他们的需求，让老百姓享受到实实在在的变化，一个新鲜事物才能逐渐被接受和认可。"魏正茂深有感触地表达他的基层工作经验。

经过多番社区调研和紧锣密鼓的筹备，魏正茂开始找寻能代表自己意愿的品牌形象。凭借敏锐的直觉与机遇，他搭上改革政策的东风，快速组建了落户江北新区沿江街道的社会组织——南京江北新区"爱社区"服务中心。

通过智慧化社区治理，让社区、社会组织、社工"三社联动"，广泛整合社会资源，引入专业运作理念，营造全民参与社区治理的良好氛围。"爱社区"品牌助力社区开展便民服务，拉近邻里与社区间的距离，让居民在享受智慧化社区生活的同时接受社区改革。这就是魏正茂探索智慧化社区建设的目标。

"爱社区"综合服务体系联合社区、专业社工形成亲密联系，造就资源共享、优势互补、相互促进的社区服务运行机制，通过加强自身造血功能，吸纳专业持证社工开展服务，把专业的社会工作理论和方法运用到社会服务中，提升了服务质量，也增强了社会影响力。

专注公益服务

魏正茂运用"互联网+大数据+云服务"的思维，带领团队以"爱家爱社区"为服务理念，打造"两个中心，两个平台"综合服务体系，信息化技术促进基层改革，利用大数据信息化，努力实现社区服务精准推送，在基层社区精准服务方面开辟了一条新的创变道路。

"爱社区"社区综合服务智能平台以居民生活质量需求为导向，提供丰富多样的智慧化服务，挖掘受众群体的物质需求和精神需求；通过资源有效整合，将政府、兴趣团体、社会组织、居委会、物业管理处和居民等资源进行联动整合，动员辖区社会组织、单位和社区居民积极参与社区事务讨论。

功能不断完善的"爱社区"综合服务体系，线上线下一体化服务逐渐生根发芽。基于松果科技人才支撑的技术研发中心和运营团队，形成社区活动线下阵地和"爱社区"APP线上数据相结合的公益性平台，提升了"爱社区"的社会影响力，更让社区居民收获满满的幸福感。

"线上我们可以进行党员学习、政策宣传、活动预告、人员招募、服务报道、在线便民服务等，线下充分利用街道、社区有利资源开展各项服务，形成社会服务良性闭环，达到服务成效最大化。"魏正茂说，"我不算一个成功的创业者，只能说是一个为梦想而奋斗的社区人。"

即便主事平台带着公益性，魏正茂依然热衷于发掘其中更大的价值。利用真实可靠的核心数据资源,他把针对社区居民安全信息管理和附加信息做了很好地脱敏,累积了良好的口碑度和信任度。

强烈的社会责任感,让他助力江北新区沿江街道社会治理改革和创新,在基层社区精准服务的蓝图上落下了浓墨重彩的一笔。

让居民感受社区的温暖,是魏正茂务实落地社会治理发展之路的动力。

本篇作者　莫敏玉

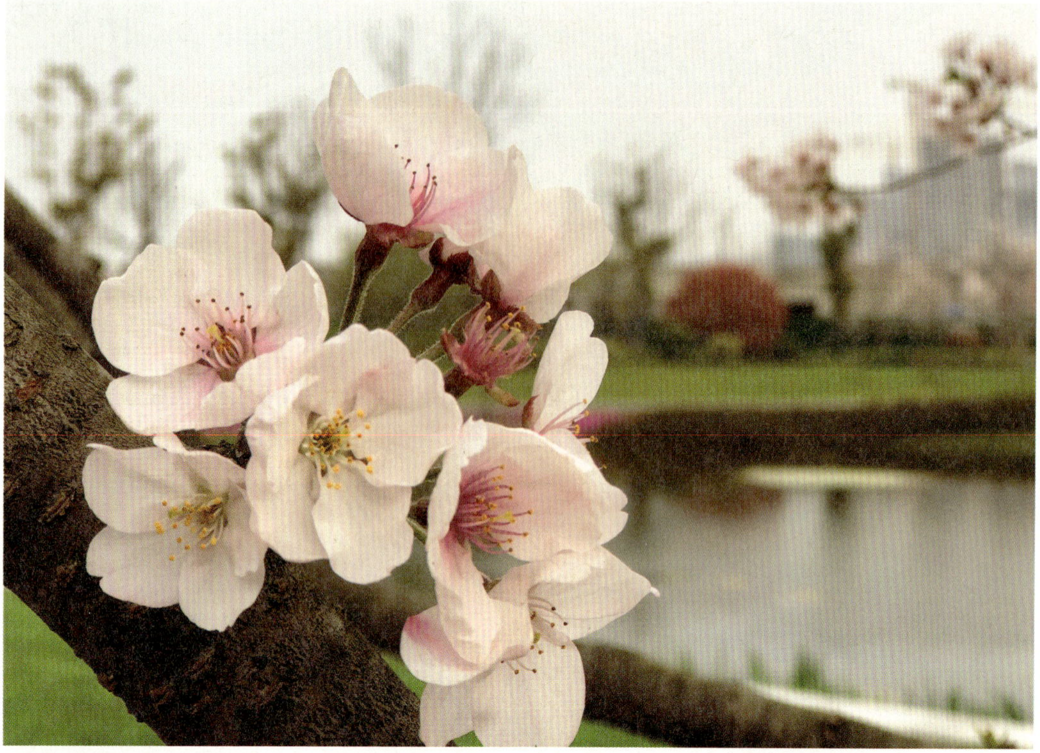

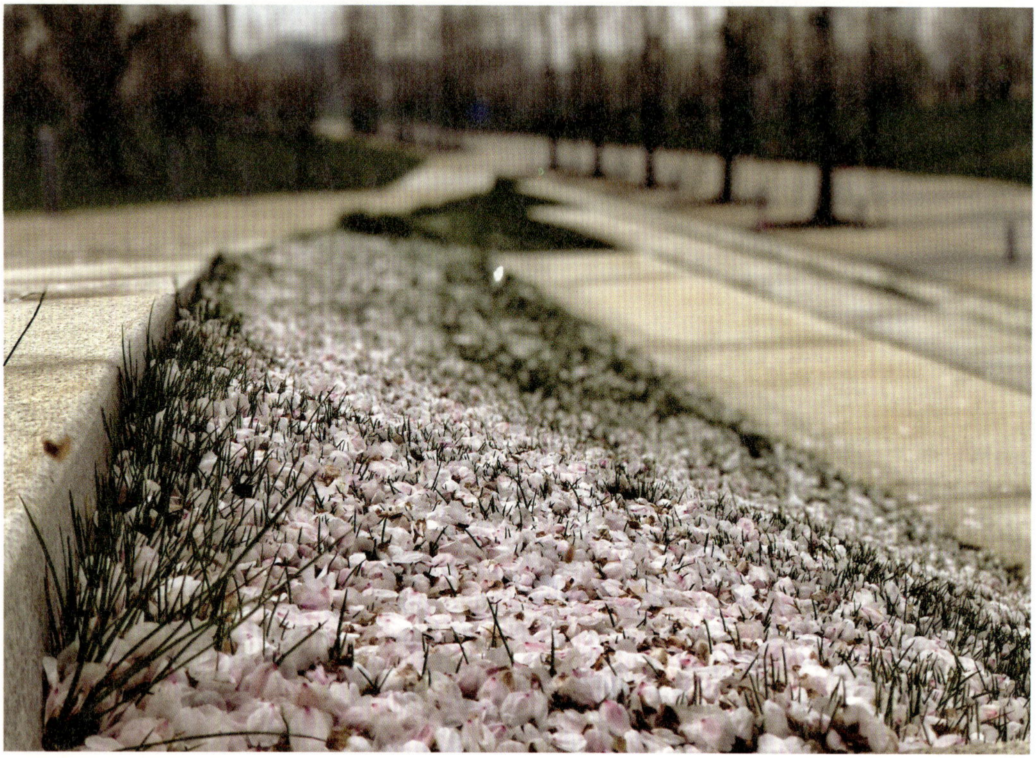

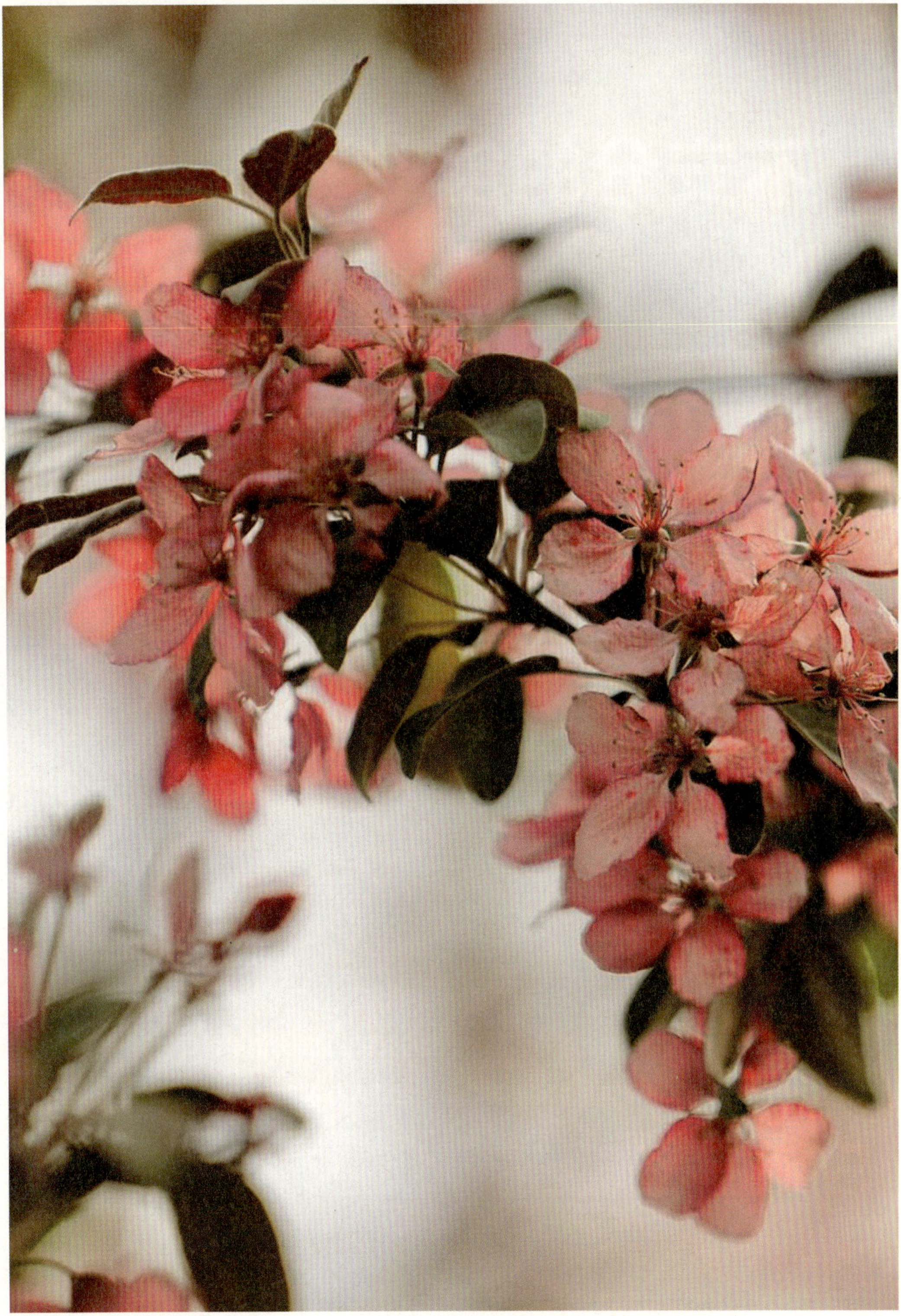

不安分的创业基因

南京懂玫驱动技术有限公司
董事长 **孙敏**

【地球上所有人的基因组99.9%的部分都是相同的。但是，仅有的0.1%差异，却决定着人与人之间如此不同。也许，我的生命里天生就有那几段独特的"密码"，拥有"不安分"的创业基因。】

他不安分，是为了实现理想。选择创业，源于不甘平庸。

创业，就是要做到国际最高标准，推动更多民族企业走上国际舞台——他证明了一辆电动自行车也能拥有"全球梦"。

从20世纪第一辆国产自研自制的飞鸽牌自行车，到如今沿着"一带一路"走向全球150多个国家的电动自行车，中国的电动自行车产业规模达到世界第一。

与此同时，广阔的市场前景带来了创业机遇。电动自行车产业从无到有，从小到大，实现了跨越式发展。孙敏带着南京懂玫驱动技术有限公司，与电动自行车行业转型升级同步，与时代发展同行。

有意义的不安分

孙敏是有自知之明的，知道自己是从来不甘于安分守己的性格，所以一投身工作环境就选择扎根基层历练。几年摸爬滚打，不断地实践累积，孙敏培养了细心果敢、技术扎实的自信心，也练就出敏锐的市场感知。

2007年，一次偶然的机会，孙敏接触到电动自行车行业，不安分的创业基因蠢蠢欲动。当时电动自行车正处于旭日行业，尚有较大的晋升和成长空间。不安分的创业基因就此沸腾在孙敏的血液命脉之中，做一家内容过硬且被尊重的跨国小企业——这是孙敏的决心。

入行即开始研究行业的工业标准，孙敏摸着石头过河，探索电动自行车驱动体系，并建立起行业准则。孙敏发现，随着时代的发展，常规产品已经满足不了消费者对产品体验和性能方面的更高要求。电动自行车行业全球化运营、开展国际产能合作初见成效，提高电动自行车安全系数、进行新产品研发、生产线调整成为企业生存发展的重要机遇；急需挖掘行业趋势，创造升级产品，进而找到产品消费的新增长点。

孙敏深信，持续的科研投入和精准的市场营销是企业源源不断推陈出新的基石。自创业以来，他们几乎每年都开发出几款有亮点的新产品投入市场。作为第一创造人，孙敏先后取得13项实用新型专利、6项创造专利和4项设计专利，其中包含德国和荷兰授权的PCT专利。

"坚持一件事可能不是最难的，"孙敏淡然道，"难的是要明确自己的坚持是有意义的。"

精研共制行业标准

天时地利人和，孙敏一句话概括了他的创业艰辛。

即使成为国家科技部认定的高新技术企业和南京市浦口区653人才企业，孙敏也并没有表现出创业成功的兴奋感。他将个人创业成功归结于时代的成功，"经历过种种困难而达到成功彼岸，在我看来是理所当然的。"

每次遇到巨大的障碍和挑战，孙敏都十分沉着冷静，他坚信没有过不去的坎。他给自己鼓劲："办企业是要对所有人负责的一件事。如果连我都不相信，那么怎么激励其他人去安心做事呢？"

仅凭个人专利大幅度提升电动车电气体系全行业的技术水准，孙敏以推进互联网+带来的产业体系升级契机，与电动自行车行业紧密结合，顺应智能化趋势，整合资源重构行业价值链，力争成为未来智慧出行大生态中的重要一环。

近年来，孙敏陆续签约全球第一大自行车制造公司天津富士达集团、老牌车企凤凰（天津）自行车有限公司等，与130余家出口欧洲和美、日、韩的电动自行车厂家建立了合作关系。关于企业的未来蓝图，孙敏制订了两步走的成长计划，积极开辟国际市场，让创业之路走得更远、更久。

本篇作者　莫敏玉

CREATOR STORY

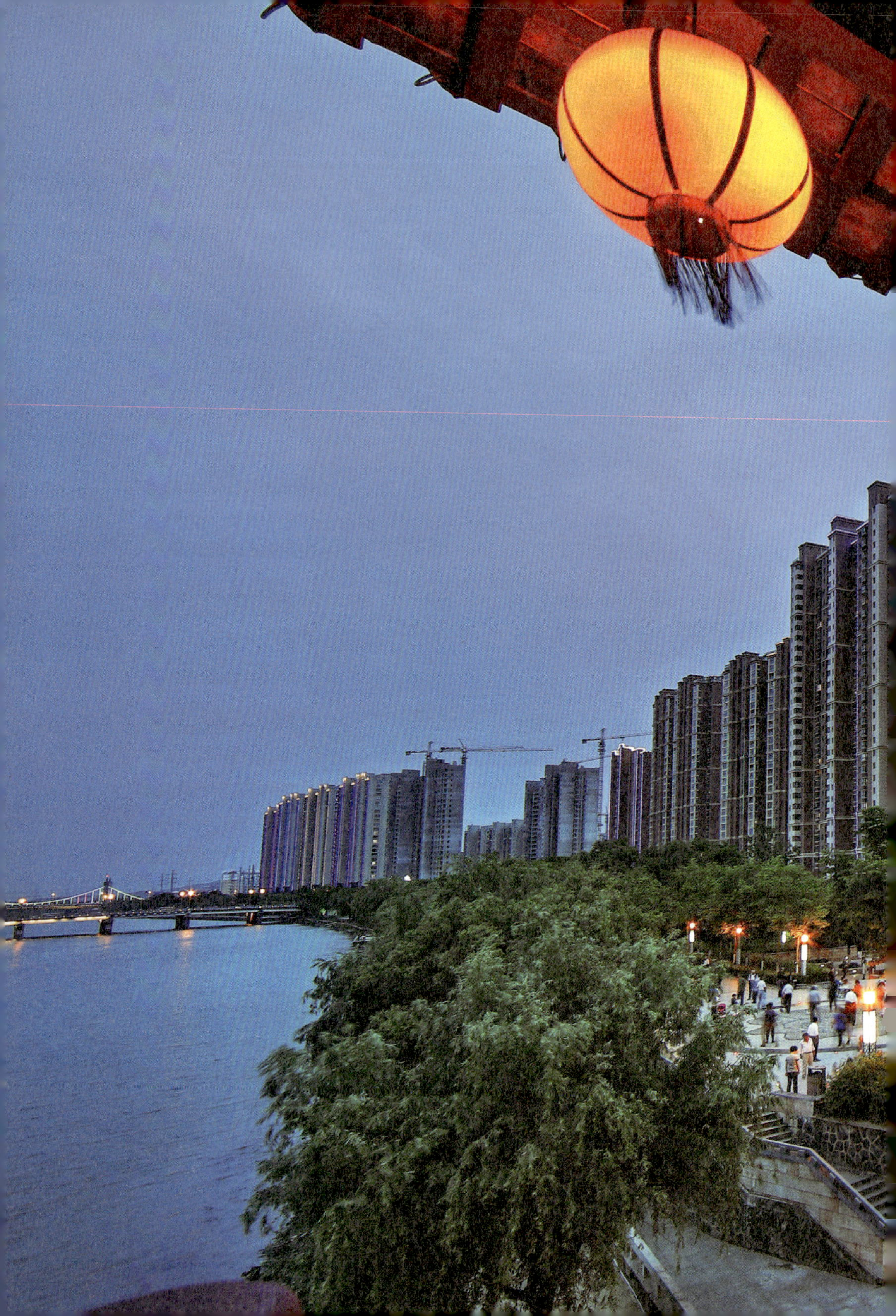

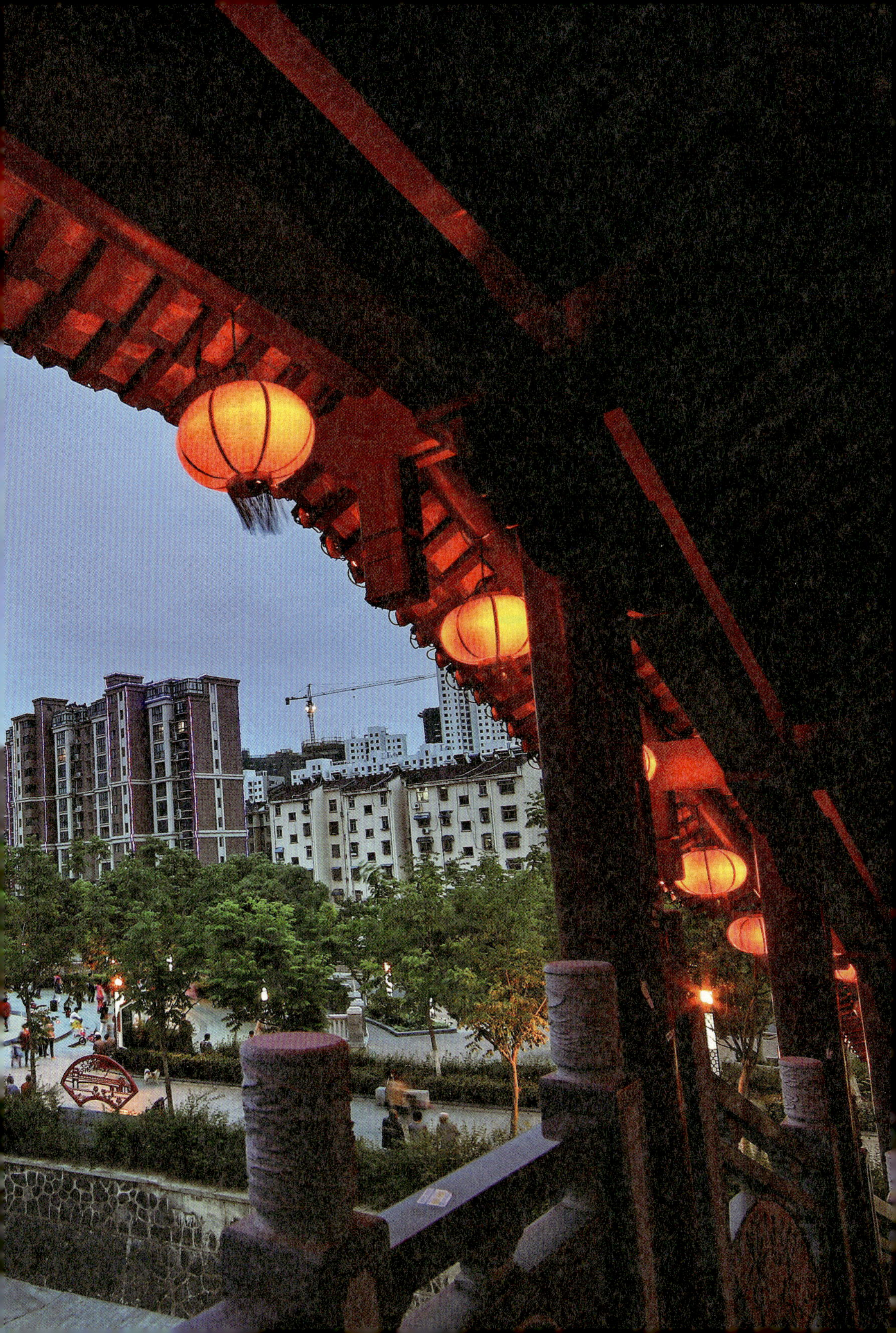

奶爸的体育强国梦

英士博集团
CEO 程凯

【通过引进先进的青少儿运动理念体系,致力于提升中国孩子身体素质,以"一小步"推动国内体育教育行业前进"一大步",这是我的追求。】

体育承载着国家强盛、民族振兴的梦想，体育强则中国强。

2008年奥运会，在所有中国人的记忆中打下深刻的烙印。彼时的程凯守着电视机，跟随开幕式的镜头看得热烈盈眶。他永远忘不了，那是中国历史上第一次举办奥运会。

程凯将梦想起锚于2013年，把加拿大体育教育品牌英士博引入中国。为了适应中国孩子身体素质及学习情况，他与团队特别研发出针对中国1-12岁儿童身体发育和心理特点的课程系统。他深知，体育培训行业创业一直处在市场的风口浪尖，唯有创新才能成功，也唯有创新才能为企业发展提供持久的动力。

从昔日建筑设计师，到如今企业决策者，不变的是拼搏、专注以及对体育强国梦想的执着追求。

闯荡蓝海市场

近年来，欧美国家将体育教育与大众教育结合，让体育变成人人皆可参与的活动，中国也将全民体育上升为国家战略着力发展。根据艾媒咨询数据显示，2020年中国在线教育市场规模预计将达4538亿元，而其中体育教育还处于分散的市场状态，尚未出现头部企业。

工作第三年，程凯就开始走上创业的道路，从建筑设计师成为企业决策者。他连续跨行业跨种类创业，累积了丰富的企业管理经验和成熟的商业运营经验。

程凯的创业更注重自主研发的科学体能训练体系KPL(Kids Physical Literacy)，希望以"互联网+"的形式，开启一个全新的体育培训场景。

"因为我孩子的出生，让我对培养孩子系统化体能教育有了很深的理解，"程凯说，"与欧美孩子相比，我们孩子的体育教育相对薄弱。这个事业在中国很有意义，我们要成为这个行业的先驱者。"

让孩子们快乐运动，是程凯创业的出发点。英士博通过系统基础体能锻炼，以及外教有指导性的教学和双向互动式的教育模式，结合美国和加拿大成熟的教学理念和丰富的教学资源，全方位培养和提高孩子的身体协调性、体能以及英语语言能力，真正体现寓教于乐的教育思想。

然而，即便是很有意义的事业，由商业行为去推进也极其困难。真正说服并且打动程凯全身心投入这项事业的，是他与哥哥的一次对话。两人就此进行了深刻的讨论和探究，最终兄弟俩认为"理想大于现实"，将这次创业当作公益事业，只要能推动社会体育教育一小步，就算成功。

"一开始接触这个事业的时候，以我闯荡多年的创业经验来说，在中国实行体育教育商业化为时尚早。但如果真的做成功了，就是一件利国利民的好事。"程凯说。

程凯与团队花了大量时间研发课程内容体系，将专业运动员的训练方法融入少儿体能培训，并与大数据平台匹配应用。这套课程体系得到国家体育总局的认可，最终入选成为青少年体操训练内容的教材，出版应用到全国中小学的体育教育课程。

程凯坚持推广体育教育的动力，还源于家长的信任。令他感触最深的是一个与英士博共同成长的家庭，从开馆伊始至今，这位家长完全接受英士博的教育理念和模式，坚持让孩子接受系统化体能训练，孩子潜能得到不断开发。

视野决定格局

程凯从2017年开启线上课程的实践，将课程内容与数据结合的创业优势放大，用科技手段进行体育教育，激发孩子在成长关键期的每一分潜能。

2020年，一场疫情让所有人都措手不及，程凯果断决定将原定的线下赛事提到线上举行，成为同行中第一个吃螃蟹的人。

为此，程凯团队加班加点，紧急优化自有的线上课程，免费向全国的孩子开放使用；组织教练员、志愿者线上对小朋友进行专业指导服务，最大范围覆盖到每个家庭，让孩子与家长更便捷接受线上体育教育课程；从线上服务平台到线下体验场景采集数据，他们实现了线上线下课程体系的无缝连接。

自带科技基因的创业，让程凯的格局始终宏大。落户江北新区，是因为程凯坚信，企业发展到一定时期，就需要更大更高的平台助其成长蜕变。江北新区作为国家级科技发展新城，有着相当规模的人才储备和良好的营商环境，企业与区域发展能齐头并进，互相成就。

本篇作者　莫敏玉

培育创新人才生态

北京航空航天大学计算机学院
副院长 高小鹏

【解决人才培养问题，才能从根本上解决"卡脖子"问题，激发创新创业的活力。】

解决信息技术领域的"卡脖子"难题，攻克硬核技术，关键还是在于人才。中国信息技术产业需要更多掌握CPU、操作系统、平台软件、芯片等计算机底层核心技术的人才，但目前国内这方面优秀人才储备却严重不足。培养具备计算机底层技术能力与创新思维的后备人才，国内各大院校的计算机专业本科教学肩负重任。

多年前，作为中国计算机专业教学的重地，北航、清华、北大、浙大等若干计算机专业提出了系统能力培养改革目标，要让每个本科生都开发"1个简单的CPU、1个简单的操作系统内核、1个简单的编译器"。这项工作得到教育部高等学校计算机类专业教学指导委员会的高度肯定，目前正在全国范围内推动这一重大教育教学改革。

作为分管北航计算机学院本科教学的副院长，高小鹏教授一直在研究和实践系统能力培养教学改革，与诸多同仁合力在国内高校推广教学成果，组织全国大学生系统能力大赛，致力于打造计算机底层技术方向高水平后备人才的产学协同育人生态。

抓住关键，构建系统能力培养体系

为什么要培养学生的系统能力？

对计算机技术演化与产业需求的深入观察，让高小鹏坚定了自己的答案——坚实的计算机核心系统是支撑和应对信息产业快速发展的基石。

"如果将计算机技术比作一棵大树，那么底层基础技术就是它的树根，应用和设计算法是它的树干和枝叶，茁壮生长的大树离不开扎入土壤的根基。"高小鹏解释，"CPU、操作系统、编译器就是底层技术。现在中国在计算机领域的很多关键算法和重要应用成绩相当喜人，然而在独立自主研发的竞争中，我们底层技术薄弱的缺点就暴露出来了。"

"系统能力"的内涵就是要让学生深刻理解计算机技术堆栈、层次逻辑与运行机理，掌握软件与硬件的组成及其协同机制，熟知计算系统呈现的外部特性与交互模式，为进一步深入学习和开发构建高水平的计算机底层系统或高效的计算机应用系统打下坚实基础。

当下，计算机专业成为最火热的专业选择，学生与家长却认为应用技术是专业最重要的技术。高小鹏认为，他们没有认清信息技术发展规律，以及产业对技术与人才的真实需求。

"就像大家公认学好数学很重要，是因为解决很多问题都要用到数学。信息技术也是这样，学生基础知识学得越扎实、系统能力越强，未来无论从事底层技术研发还是上层技术研发，他解决问题的能力就越强。"

围绕CPU、操作系统和编译器，高小鹏与北航的老师们将复杂的教学问题分解成若干小问题，重构了"知识面宽、实验目标高、训练强度大"的知识体系和实验体系，让学生通过扎实艰苦的学习与训练，逐步具备系统能力，并理解与把握系统均衡性。通过这种培养，学生具有一定观察、思考和解决问题的视角与能力，远远超出其掌握的专业知识的价值。

品格培养，培育产业生态后备人才

对于是否要从一而终选择一个专业，高小鹏是这样理解的："不能要求学生在学习期间就明确专注方向。当他们对其行业、产业、自身能力有更深入的认识之后，才能决定自己要专注的事业是什么。在此之前，再多的选择都是合理且有必要的。"

为此，高小鹏认为学校的职责是尽可能让学生更全面地了解未来要选择的行业与产业信息。与行业龙头企业合作，就成为产学互动、拓宽学生视野的必要选择。在南京江北新区集聚高科技企业的土地上，他看到了更广阔的产学研创新之路。

龙芯杯是国内唯一以本科生开发CPU为竞赛内容的全国性学科竞赛。三届龙芯杯的学生作品表明大量参赛学生在CPU、操作系统等方面已经具备很高的技术实力与潜力，验证了高小鹏多年来的本科教育与推广成果，也鼓舞他持之以恒培育出更多优秀人才。

"开发一个简单的CPU，在系统复杂度与工程规模上，也远非他们开发的应用程序可比的。它需要学生的软硬件知识扎实深厚且高度综合，对思维的宽度、深度和精细度要求很高。学生在开发底层系统的过程中还往往缺乏有效的工具，为了开发CPU，他们必须夜以继日扎扎实实做试验。"高小鹏说，"这种锲而不舍的精神能磨砺学生今后从业的职业品格。"

让学生在实践中培养系统能力，完成当初认为不可能完成的挑战，感受"巅峰体验"，无疑能增强学生的自信心与雄心，让他们勇于面对未来的各种难题。

"要解决信息技术产业问题，不能靠单个英雄完成。学生们通过系统化培育和艰苦训练，未来必将成为产业精英，施展自己的人生抱负。"就像春天种下希望的种子，高小鹏的育才园圃里，一棵棵小苗正长成参天大树，迎风傲立。

本篇作者　莫敏玉

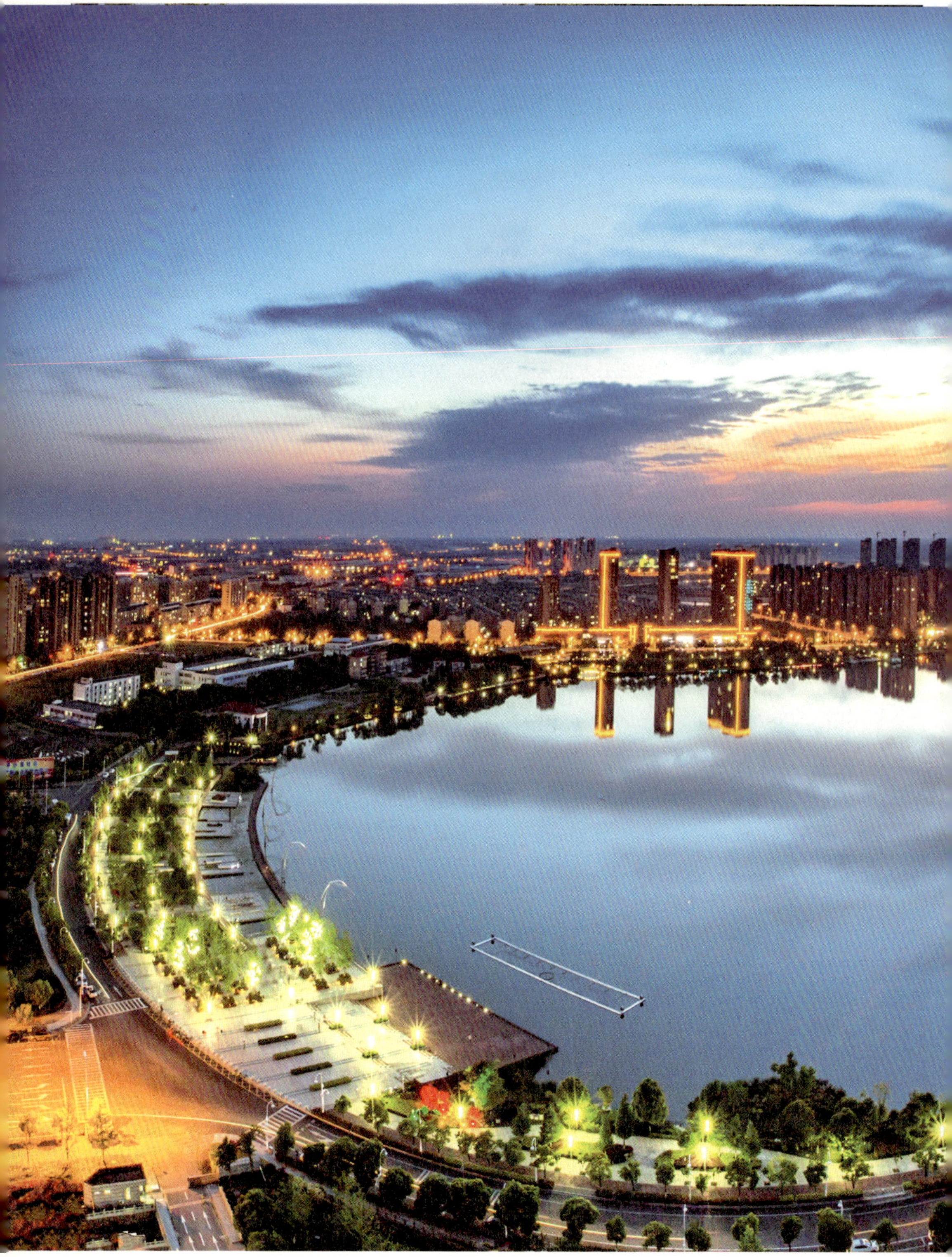

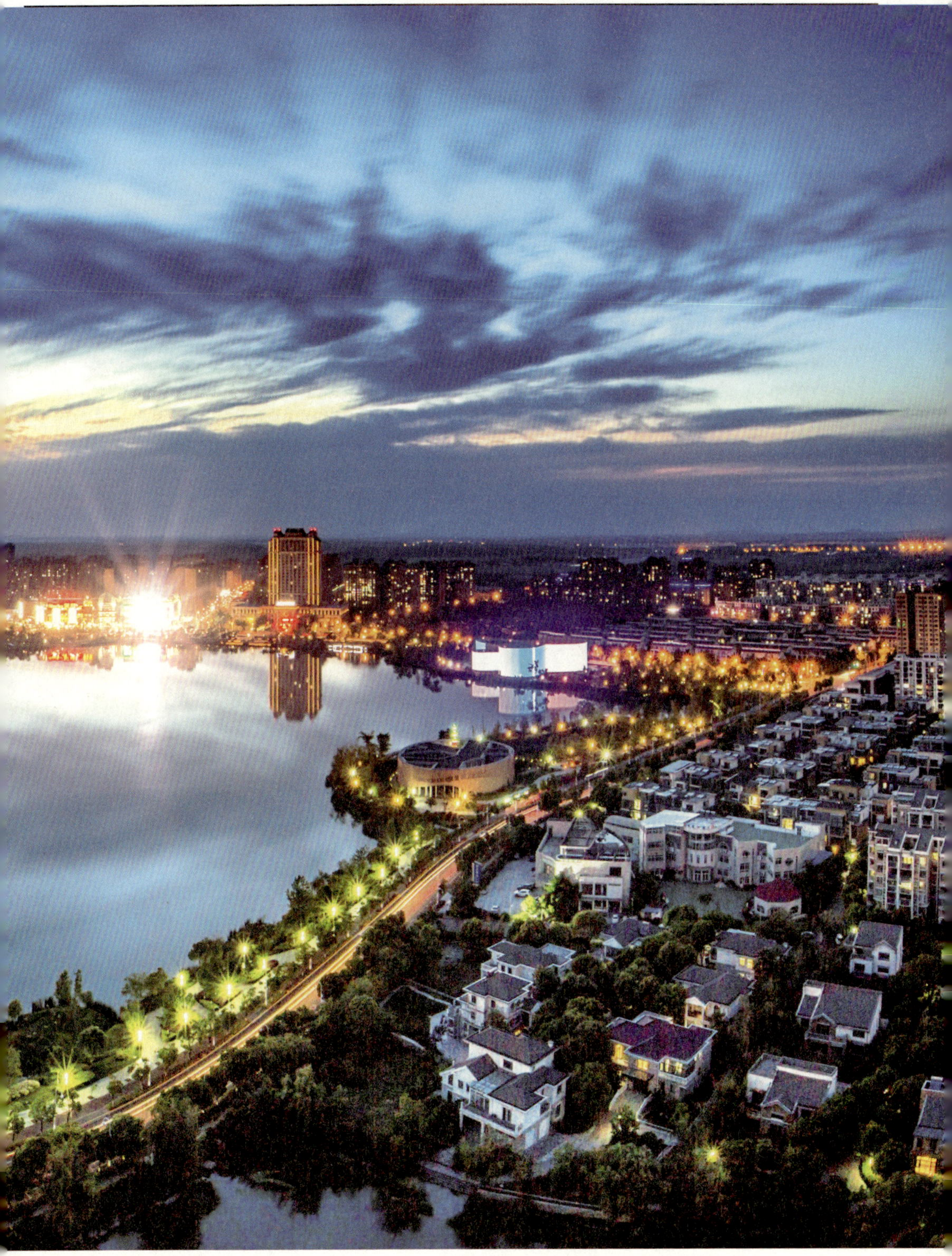

鼎新

CHAPTER SIX

人类面临一个量子式的跃进，面对的是有史以来最强烈的社会变动和创造性的重组。

——（美）阿尔文·托夫勒

执着于"芯"

南京芯视界微电子科技有限公司

董事长兼 CEO **李成**

【关于芯片创业有种说法：如果你爱一个人，就让他去做芯片，如果你恨一个人，也让他去做芯片。我看到了这里面炙手可热的资本风口，也经历过低调沉闷的寂寞之地，执着于"芯"，才能体会到这里的冒险与精彩。】

2020年9月15日，华为芯片遭遇断供危机。横亘在前方的，是所有中国芯片人难以追赶的技术鸿沟，不仅倒逼国产芯片革新和自强，芯片创业也一时间站在风口上。

而早在两年前，思维敏捷的李成就瞄准了国内巨大市场，回到南京江北新区创办了南京芯视界微电子科技有限公司。凭借在硅谷积攒多年的经验与技术，借着国内发展人工智能的东风，生产出世界领先的产品。

2020年1月，李成带着自主研发的产品赴美参加了国际消费类电子产品展览会，这是世界上最大、影响最广泛的消费类电子技术年展。作为全球领先单光子检测激光测距ToF芯片的公司，芯视界的ToF三维图像传感芯片和大数据中心超高速光电互联芯片技术在大会上惊艳亮相。此时，距离这个新公司的成立，还不足两年，可谓势如破竹。

心有不甘，一路问鼎工科博士

本科毕业后，李成曾经当过几年格子间的上班族。公司名叫上海贝尔，是国内高科技领域第一家外商投资股份制公司，专门为运营商和非运营商客户提供端到端的信息通信解决方案和服务。

那时候，个人PC正在普及，家庭互联网刚起势。李成做的正是非对称数字用户线路的研发与市场推广。非对称数字用户线路又称ADSL，是国内初代网民上网冲浪的时代记忆。

工作中，李成敏锐地发现，互联网技术中使用的芯片，几乎全部都是国外公司生产的。在芯片这个勾连互联网的核心环节上，国内公司严重缺位，也没有话语权。李成不甘，边工作边着手准备出国学习的事宜。终于在工作的第六个年头，获得了去美国深造的机会。

2006年，李成启程赴美，先后在芝加哥伊利诺伊理工大学和得克萨斯州德州农工大学完成了硕士和博士的学习，一路问鼎集成电路专业的博士学位，一深造就是7年。

硕士期间，李成研究的方向是硅光子，拿到学位后，开始从事超长距离光通信的科研工作。一次偶遇，李成结识了德州农工大学的一位教授，也是他未来的博士导师。研究超高速窗口设计的教授对研究硅光子的李成"一见钟情"，出于对学术研究发展的完整度考虑，李成决定加入教授门下，继续向更高端的学术领域攀登。

"硅光子与超高速窗口的连接，可以大规模地用于超级计算机和超大规模的数据通信。比如说现在欧美超大规模的数据中心，单边长就有两公里，用普通的电信号去连接是完全不可能做到的，所以必须用光去做连接方式，这就是我们做的技术。"

攻读博士期间，李成一直担任硅谷惠普实验室主任科学家，2015年至2016年间还任美国奥巴马政府硅光电子制造协会组委会委员，慢慢成为硅谷小有名气的华人科学家。

2016年，李成在硅谷创立了VisionICs公司，担任董事长和CEO。VisionICs将自动驾驶感知技术作为核心研发方向，开发出了全球顶尖的固态激光雷达芯片和人工智能技术。

回国创业，把公司从硅谷搬到南京

2018年初，李成带着团队回了一趟南京。南京算是李成的第二故乡，他曾在东南大学度过了四年本科时代，也是他漫漫芯片路梦开始的地方。

不过，这次回来不是参加同学会，而是来参加一场名为"赢在南京"的海外人才创业大赛。在那场比赛中，他们的参赛项目"单光子固态激雷达-芯片级解决方案"一举拿下一等奖。

"国内有更多的可能"，相比硅谷神仙打架一般的高科技竞逐，李成认为，凭借智能化东风的国内市场有更多的发展机会，回国创业的种子已深埋在他心中许久。

回国创业，李成有自己的优势。他有在硅谷多年积攒的经验与技术，本科毕业后在上海做市场的经验，也让他对国内市场更加了解，避免了外企来华的水土不服。

接着，是选址。做芯片技术，公司地址不仅仅是办公地点，它更像一块腹地，能撬动上下游供应链的连锁反应。或许是缘分使然，2018年6月，时任南京市长的蓝绍敏团队来到硅谷，举办了一场南京市的推介会。蓝市长介绍了南京市的投资环境和科技创新发展优势，着重强调的江北新区点亮了李成的创业梦。两个月后，李成将VisionICs搬到了南京江北新区，他为公司取了新的中文名"芯视界"。

"视界"之窗，从"芯"开始，李成为新公司赋予了核心经营思路，专注于以视觉科技为钻研核心，从"芯"出发。

珠联璧合，势如破竹

回到梦开始的地方，李成带着芯视界一路往前冲。

针对当前激光雷达功耗成本高、可靠性低、系统设计复杂等痛点，芯视界研发了世界上首款基于大规模单光子检测阵列的全集成芯片。这款芯片在CMOS工艺上实现了高灵敏度、高分辨率单光子检测阵列，集成了自主研发的超高精度测距电路和抗干扰数字算法。基于该芯片的激光雷达系统可实现精确测距，功耗成本低、灵敏度高、可靠性高，在技术和实用性上都处于世界领先地位。

2019年1月，VisionICs宣布与北汽新能源合作，成立了自动驾驶联合实验室，研发以固态激光雷达为核心的新一代多传感器融合的自动驾驶系统。李成期待地说："依托硅谷联合实验室平台，双方技术共享，VisionICs将把车载传感器芯片和人工智能方面的领先技术，融入到北汽新能源的自动驾驶战略中。"

9月，中美贸易摩擦来势汹汹。李成更加坚定了自主研发、自主生产的全产业链模式："中国有14亿人口，人均收入也持续提升。人工智能在国内风头正劲，芯视界希望能为更多中国企业探索出一个方向。"

本篇作者　刘玥

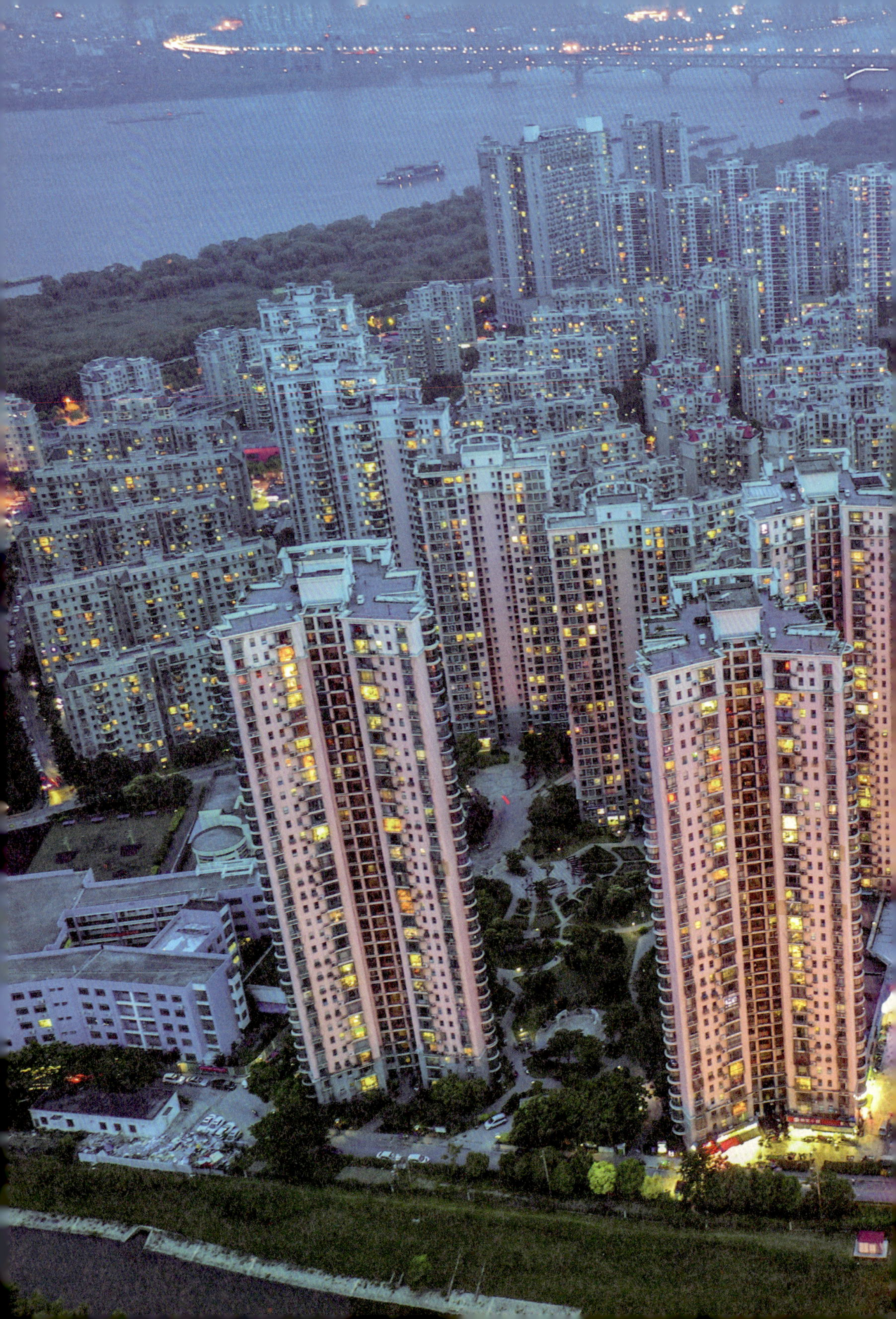

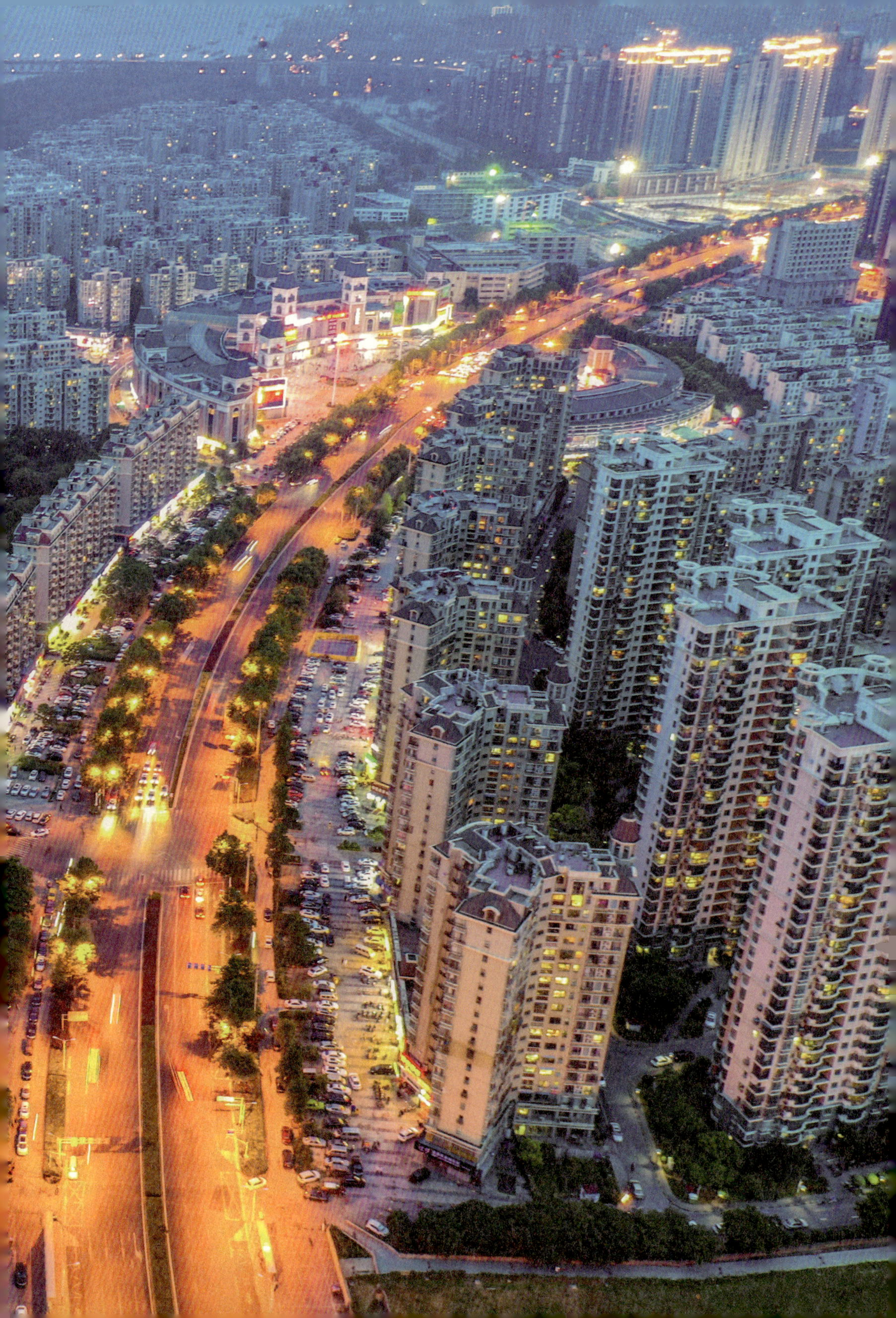

让技术应用产品，
科技融入生活

南京嘉翼数字化增材技术研究院

院长 **李进**

【我一直认为，技术应该走出实验室，投入生活，让科技融入生活，让生活更美好。】

CREATOR STORY 创想者

作为新一代绿色高端产业，3D打印与智能机器人、人工智能并称为实现数字化制造的三大关键技术。

随着中国大力发展装配式建筑，3D建筑打印行业也将迎来重大发展机遇。为了提高当前行业的生产力水平，南京嘉翼数字化增材技术研究院院长李进依托过硬的设备和技术研发能力，将3D打印的交叉学科技术与资源进行整合。李进带领南京嘉翼数字化增材技术研究院不断尝试创新融合，使之成为目前世界上唯一一家3D建筑打印装配式工厂的企业。李进正积极整合3D建筑打印装配式产业链，吸纳更多专业团队解决市场需求，让3D建筑打印技术稳步走向产业化之路。

以技术影响产业发展

从稳定的国企单位下海创业，李进的创业初衷很简单——将技术应用到产品，让科技融入日常生活，建设更环保更美好的智能生活。

20多年精密机床的研发、生产经验积累，李进利用数控技术，不断突破3D打印技术壁垒，交出一份令市场与客户满意的方案。本着创新发展，区别于大部分院校或研发机构在某个细分领域单点突破，李进团队在3D建筑打印行业，专攻新设备、新材料、新设计、新工艺四个领域，涉及机械设备、自动化、软件研发、新材料、创意设计、建筑工法等多个交叉融合学科，研发了自主可控、具备核心竞争力的技术体系。

这一核心竞争力决定了李进团队在3D建筑打印的行业地位。一个有创造力的专业团队，一系列大胆创新、符合市场需求的产品，李进以此建设良性循环的产业结构版图。

创业不以利润为最终目的，他企图以先进的技术研发影响3D建筑打印的行业发展。

用成果验证创业目的

倡导高效、优质、求实、节能的理念，李进从接触3D打印技术开始，就不断尝试创新改变行业产品单一、效益差、不适合规模化工业生产的问题。从最初感兴趣到领导国内3D打印技术落地最多的企业，李进始终奋斗在研发团队的第一线。

李进打造建筑垃圾回收再利用的生产线，设想将城市大量的建筑废料变成建设科技智能城市的重要物资，节省城市建设的费用，降低生产水泥造成的环境污染。他把这一设想实现在智能化3D打印站台上，避免了传统工地狼藉嘈杂、尘土飞扬的弊端，对周遭环境也更加友好。

诸多优势让3D建筑打印成为世界各国建筑设计公司研究和实践的重点，并逐渐成为住宅工业化发展的趋势。拥有行业绝对优势，李进却并没有很大的野心，他说："3D建筑打印是服务于生活的，不能自娱自乐，去挑战某些世界之最，浪费资源和技术。"

李进所理解的"创业成功"是人的付出与体验成正比，成为有社会责任的企业家，做一个值得客户信赖且强有力的合作伙伴。

感悟创业与生活

"有七成把握，我就会着手去尝试做一件事。"李进的原则让他能掌控自己的创业尝试，也清楚自己做事都带着强烈的目的性，"就像我读书并不是为了文凭，而是想看看世界的不同维度，提高判断力和开阔视野；选择合作伙伴，也是希望通过合作，将原本60分的产品做到90分以上，这才是将各自的优势发挥到极致的表现。"

他在工作上不断加大创新力度，始终保持与竞争对手的明显优势，带动行业和竞争者领域共同进步，以最优质的产品与服务反馈产业市场。为此，李进选择与各大高校实现校企合作，培养应用型人才，构建起学生和企业之间的学习桥梁。

面对创业的困难挫折，李进说："创业时刻面临着资金、资源、资质的困难，还有市场需求、同行竞争、自身能力等也会出现各种问题，创业者不能太钻牛角尖，需要开导自己用积极的心态坚持下去。"正是这份乐观支撑着他不断地尝试与前进。

时刻走在行业前列的李进，生活中却并不追求享受和变化，闲时与家人下厨做一餐好吃的、唠唠嗑、逛逛公园、看看建筑展……这就组成了他生活的常态。

　　以积极心态和稳定常态创造高速进化的科技生活，李进感悟的创业观与生活观别具一格。

本篇作者　莫敏玉

中国安全与应急产业的拓荒修行

安元科技有限公司
创始人兼董事长 王三明

【创业，有时候是一场个人修行，一次独特的苦旅，既要有从平地拔地而起的气概和胆量，也要有瞄准目标一步一个脚印的执着。】

随着中国新型城镇化、工业化、信息化深入推进，各类突发事件频发，防控难度也不断加大，给人民生命财产安全与经济社会发展带来了巨大影响。

从简单的手电、口罩、帐篷发展到陆海空一体的数字化、智能化装备，应急产业规模已达万亿元，一跃成为中国公共安全体系的重要物质基础与技术支撑。

安元科技有限公司创始人兼董事长王三明及其团队，充分发挥其在安全生产数字化领域的专业性和权威性优势，为国家智慧城市、智慧园区和智慧企业建设提供整体解决方案。安元科技的发展史是王三明潜心云计算、工业互联网和工业物联网等信息技术产品的拓展实践史，也是他关于安全和应急产业的拓荒修行史。

安全与应急产业的拓荒者

2003年，在创始人王三明的带领下，安元科技由最开始的6人小团队发展到今天500多名高级人才团队，从最初的安全评价与风险分析系统软件和安全生产监督与应急救援指挥系统的开发，到现在国内领先的工业互联网、工业物联网、工业大数据等产品技术研发及产业化建设，经历很多，也收获很多。

随着深圳创投集团、前海母基金、招银基金、南京高科集团等大型知名创投机构参与战略投资之后，安元科技犹如展翅的雄鹰，一路高歌猛进。安元科技研发出的核心产品技术获得国家科技进步奖与多项省部级奖励，被国家应急管理部、工信部、科技部等部委重点推荐，已在全国十几个省（直辖市、自治区）得到了广泛推广应用。安元科技作为国家级安全科技支撑平台承担单位，依托南京工业大学产学研一体化的科研基地，专门为城市安全与工业安全提供信息化系统解决方案、软硬件产品及互联网服务。

2019年，安元科技刚完成E+轮融资。王三明预想的发展版图正在一块块拼接完成。他说："用专业服务社会，是我们创业伊始的动力。随着技术与方案的日益完善成熟，希望我们专注的行业能改变现状，促进社会科技进步。"

王三明将"让城市与工业更安全、更智慧"的创业初心定为企业使命，创业前行发展的道路始终坚持1+4+4+N的战略布局，并且不断完善优化事业规划和发展的方向。

团队前行的掌舵人

王三明团队一直坚持科研攻关。2005年，安元科技在国内首次研发推出"安全生产信息化建设整体解决方案"系列产品。该产品被国家科技部批准为国家重点新产品，同时获得国家安全监管总局技术审查认定，于2006年成为行业内唯一产品被国家安监总局和科技部获准在全国联合推广。王三明带领的科研团队也由此开始承担十一五科技支撑计划重点项目课题。作为国家科技攻关项目统筹全局的领路人，王三明经常反省团队管理模式，调整团队前进的方向，把握团队发展的节奏，不急不燥，稳步迈向他心中预设的光明大道。

安元科技连续多年保持国内安全生产软件市场占有率第一的位置，这辉煌成绩离不开一支作战力超群的科技团队。安元科技荟集了500多名云计算、物联网、大数据、人工智能、安全工程、应急管理等领域的教授、博士、硕士等高级人才团队，其中研发人员占比高达50%，研究生以上学历的占比约60%。

随着工业化进程加快和时代发展需要，工业危险源总体量在不断加大，日益成为安全发展的技术壁垒。王三明率领的科研团队凭借着深厚的技术积累和强劲的研发优势，最终完成技术攻坚，帮助政府安全监管部门、园区和企业提升了安全生产和应急管理水平。

创业路上的修行者

这次创业，"专注安全产业，专业服务安全发展"。安元科技目前拥有国内领先的多项自主知识产权的云计算平台、物联网平台、大数据平台和行业专业模型，并已成为"全国安全产业运营商"。

因为专注，所以专业。这是王三明对自我的严格要求，也是对团队的专业要求。他相信，创业的未来已可预知——通过不断战略创新、组织创新、技术创新、模式创新、服务创新，提供智慧城市、智慧园区、智慧企业整体解决方案，终将把安元科技打造成百亿级企业级互联网集团公司。

事业上目标明确且雷厉风行的王三明，在生活中却有些随意。繁重的工作之余，他似乎更偏爱宅文化，贪享一觉睡到自然醒的懒觉，与家人看一场期待已久的电影，抑或静坐看云卷云舒独享满庭花香。

王三明生活上极致的"静"，与安全产业和互联网事业中的高速运转，两厢矛盾却又形成相对统一的和谐。这或许就如他所说般，"创业本身就是一场修行。"

本篇作者　莫敏玉

用技术打造服装
全渠道新零售

南京吉沏泰网络科技有限公司

董事长 **庄稼**

【女生都是美丽的花朵，为她们寻找最合适的穿搭，让她们知道盛开在什么样的花丛中才显得更娇艳，这就是我创业的意义。】

虚拟试衣概念提出多年，商业落地进程却较为缓慢。究其原由，是因为人体身材参数指标维度很多，3D建模复杂性高；建模无法针对个体量化非标准用户，模拟试衣的效果常有卖家秀与买家秀的巨大差别。

电商与人工智能时代，无论是商家，还是消费者，都亟需一项技术来实现网上快速浏览商品，同时呈现出消费者本人的试穿效果。南京吉沏泰网络科技有限公司董事长庄稼带领团队耗时8年，研发了全球唯一的CR真人试穿技术，为广大时尚品牌提供定制化的智慧综合解决方案，为现代购物合理注入科技元素，让消费体验得到升级。

创业初衷：解决行业痛点

机会是留给有准备的人的，这句话放在庄稼身上很贴切。

他本科汽车工程毕业，研究生就读于英国埃塞克斯大学计算机科学与电子商务；曾就职于英国电信，凭借出色的业务水平被分派到中国上海，先后创建汽车零部件全球采购中心和车易网二手车信息对称系统。

庄稼的拼劲让原本一个个"设想"成为现实，开发新项目不断打破行业界限。但他心念时尚，在技术逐渐成熟的基础下，关于时尚穿搭的大胆设想时常浮现脑海。

热衷于与家人逛街的庄稼，是母亲和妻子的时尚顾问，长此以往，他敏锐地抓住了时尚服饰行业的痛点。

"女生买买买的冲动通常来源于真实体验，现在快销电商快时尚剥夺了女生很大部分的愉悦感，"庄稼感性地形容道，"女生都是美丽的花朵，为她们寻找最合适的穿搭，让她们知道盛开在什么样的花丛中才显得更娇艳，这就是我创业的意义。"

通过自主研发使用真人照片进行服装试穿的CR技术，采用真实影像进行计算，并将人体和衣物结构分解为数百万个数据点，每一个微小的身体和材质特征都能被真实还原；同时通过自动生成不同的姿态表情，创造和再现真实的在线消费场景，从而达到真正意义上的"真人+真衣=真效果"。

基于CR技术的强大延展性，庄稼以服装行业为切入点，建立了全套服装新零售的应用技术，解决了线上线下服装零售市场试衣成本高、退货率高、销售疲软、人员成本高等行业痛点，试穿图片与真实穿着服装的试穿效果相似度达到95%，目前已取得了良好的市场应用。

庄稼就是打破固有偏见的那类人——理工男的兴趣爱好也可以很细腻，理工男理解的时尚也可以很高科技。

创业愿景：定义新零售

近年来，服装零售业在线上电商的冲击下已显疲态，而线上电商渠道同样存在较高的退换率和商品库存堆积问题，从而影响销售利润。

"零售业线上与线下的角力看似不可调和，但在我看来两者合力才能产生最大价值。"

他认为，采用真实的真人影像输入，通过算法来计算出一个"真实"的结果，将打造时尚体验中心作为商业落地的形式，线下助力品牌商升级门店，让用户加深对线上体验机制的信任，同时优化电商体验。

庄稼研发出一套标准化的解决方案，打通线上线下CR技术的应用，届时只需提供软件的接口，让品牌商自行配备硬件，从而实现服饰零售的快速规模化。

累积多年的AI大数据库成为庄稼手握的王牌。大算法下不同的子算法针对每款商品，逐个成立个人数据库，细分算法不停地增加，需要几百个专业人员的维护。即使在他一度想要放弃的时候，数据的算法堆叠也从未停止。

应南京江北新区政府及领导的邀请，近日，吉汭泰科技将经营主体迁至江北新区。作为江苏省唯一的国家级新区，有着明晰的"两城一中心"发展定位，这里将成为互联网、人工智能等领域极具爆发力的创新名城。江北新区陈潺嵋主任在中日智慧新零售示范中心开业庆典发言中由衷赞叹门店带给大家科技炫酷的震撼感观，期待新零售产业迸发出更强大的动能。

将近8年,庄稼都在贴补这次创业,所幸他的创新开发项目将成为全渠道式的体验变革,持续积累的技术和数据可以反哺整个时尚消费行业,帮助品牌调整市场销售策略,打通运营和消费渠道,实现品牌和消费者共赢的局面。

他说:"做中国创造者,坚持下去就有成功的可能。"

本篇作者　莫敏玉

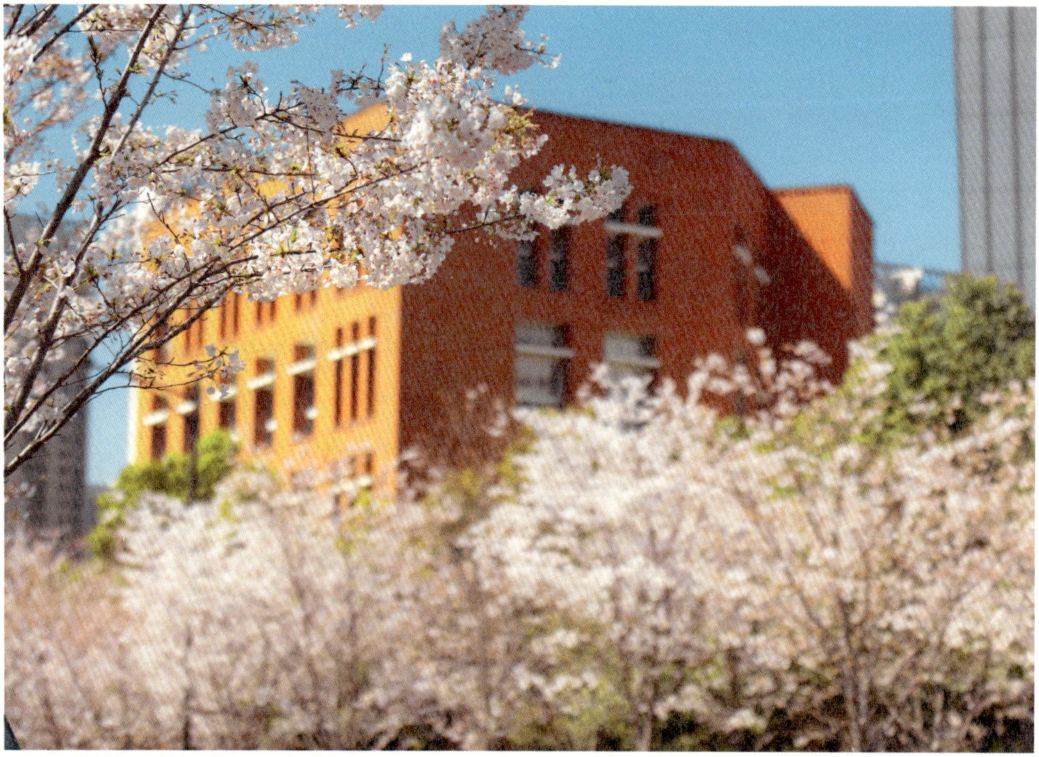

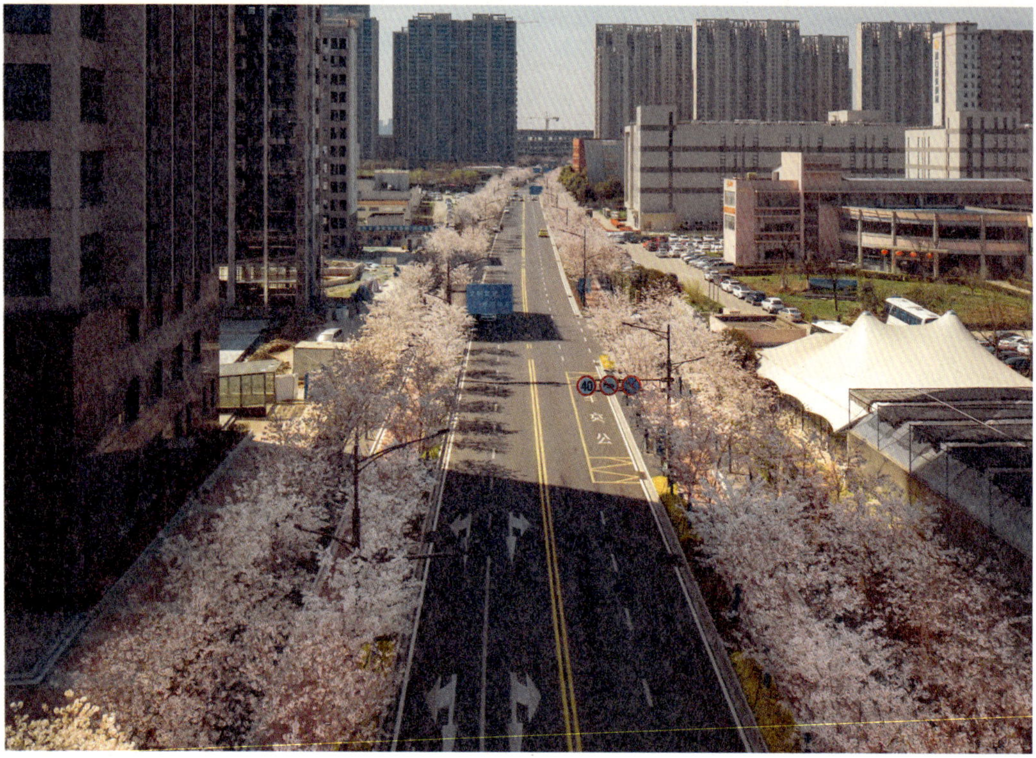

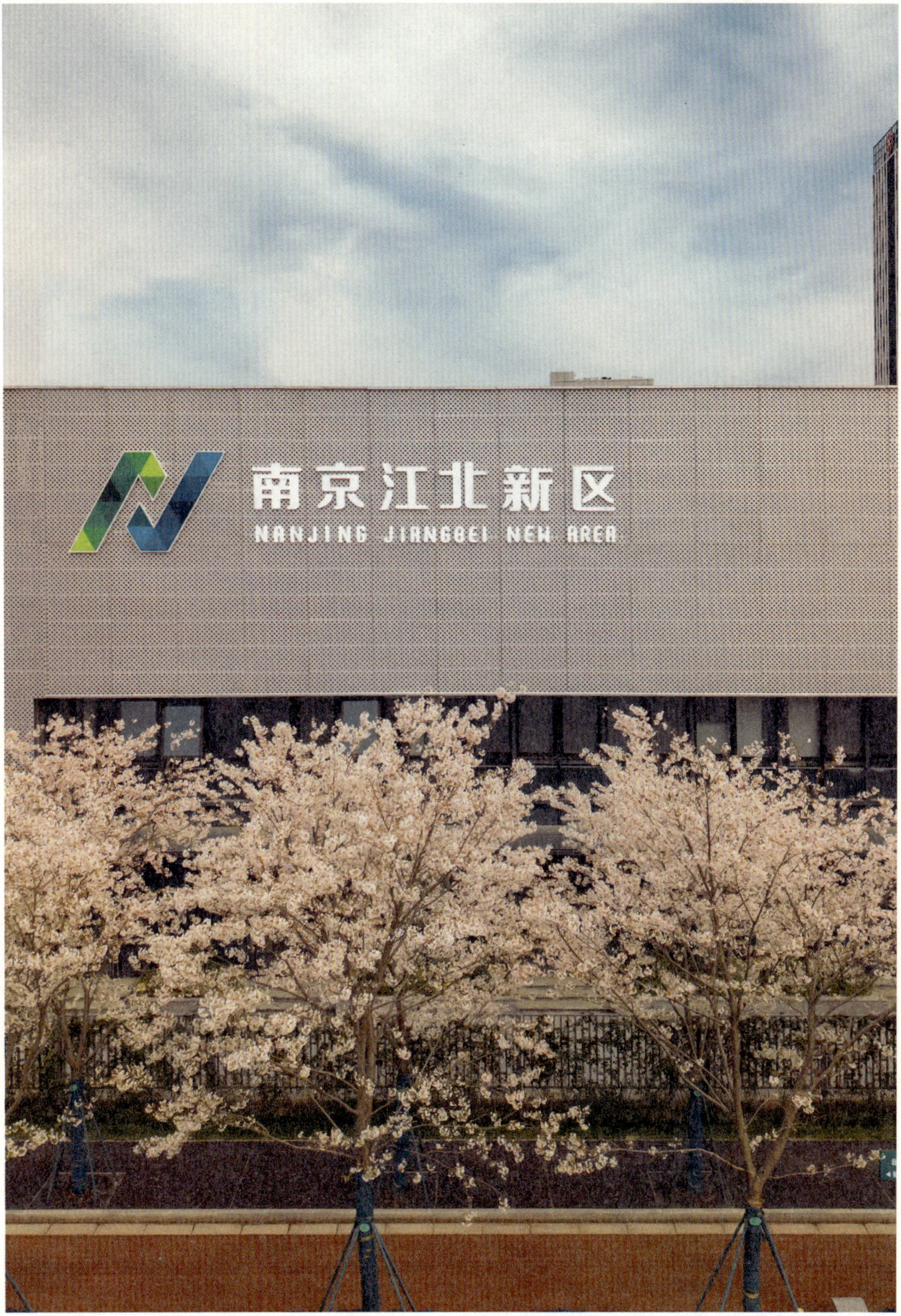
南京江北新区
NANJING JIANGBEI NEW AREA

关于酒吧文化的
奇思妙想

酒吧经营者 IAN

【新消费时代的创业，消费者的喜好、需求开始细分化，创业者要懂得用个性赢得市场。】

CREATOR STORY 创想者

随着新消费时代出现，面对独特想法的消费群体，服务业转型可谓是危机与希望共存。

酒吧是一个包容个性的地方，新入行的经营者以及已经有丰富经验的资深经营者，都在试图进行创新与突破；越来越多小而精致的特色酒吧，展示年轻一代人的夜生活，也体现出经营者的奇思妙想。

酒吧也是一座城市的文化氛围综合体，苏格兰人IAN看中江北新区浓厚的科技与生活文化，意图融合中西方文化的碰撞，以苏格兰的热情点燃江北新区的夜晚。

于日常窥见蓬勃商机

2008年，苏格兰人IAN来南京出差，大约是对这里的风土人情上了心，他决定留下来在这里开一间酒吧，将自己投身到南京的夜生活中去。

"开酒吧的主要原因是想在傍晚时分，给自己找点事情做。"IAN笑说，"因为十几年前来到南京的时候，这里的晚间娱乐活动方面几乎为零，开一所酒吧能使我们的生活变得丰富多彩。"

最初来中国的原因，IAN记得很清楚，他要写一篇有关中国与英国企业联合投资的MBA论文。任职13年的IAN被公司派驻中国，与众多企业开展密切合作。因南京当时提供的环境条件更优厚，派驻地选了这个颇有中国传统文化的古都。

因论文需要，他去探索南京的历史文化，折服在传统与现代文化交织的魅力中，也见证了江北新区的迅猛发展。12年后，IAN眼见着越来越浓厚的本土酒吧氛围，预见到酒吧文化有着超强的增长潜力。几经接触考量，他决心在这充满潜力的区域拓展他的夜生活版图。

心思活泛的IAN携同伙伴来到南京江北新区，在此开设了一间苏格兰风格的酒吧。

"酒吧是苏格兰风格的，我想将家乡特色带到江北新区。"IAN说，"以前我两个月回苏格兰一趟，将精力全部投入到酒吧经营之后，回去得更少了。开办这间苏格兰风格酒吧，也算是聊表思乡之情。"

经营了几家酒吧，IAN开始思考未来酒吧的商业模式，开发新的业务种类，开拓新的市场空间，采用新的营销宣传方式。为了同样的经营目标和发展理念，他不断努力，16年来给消费者提供了高质量的产品和服务。

有趣的工作即是理想生活

"外国人在中国做生意相对容易，会得到很多资源的支持，不过有个了解各种手续流程的中国伙伴还是很重要的。"IAN说，"只要具备这些条件，一个老外可以在中国很顺利地做生意，实现自己的理想。"

IAN有一个幸福的家庭，有两个女儿和六个可爱的外孙。疫情爆发前，他回到中国开始筹备新酒吧的准备工作，于他而言是幸也是不幸。原本计划3月份回苏格兰与家人团聚的愿望至今未能实现，各色酒吧客人带来的温暖，安抚了他躁动的心绪。

"有个女孩来了就坐在吧台，大方地唱歌，很是惬意，也很开心。那一刻我觉得一切都很值得。"

放松的酒吧氛围，让每个客人都不觉孤单，这正是IAN开办特色酒吧的初衷。在疫情得到控制后，他的酒吧准时与期待已久的宾客相见欢。IAN有些感慨道："像一场彼此的救赎，做好准备迎接未知的未来。"

酒吧里不乏有趣的人、故事和场景，IAN的客人大多已经成为老友，彼此了解；客人享受酒吧的环境与氛围，酒吧则给予他们最舒适的圈子。在关门闭店的几个月里，IAN与团队做了很多的宣传工作，开展酒品的网络订购和配送，线上营业迎合新消费习惯，也为自己脱离困境赢得了更多机会。

择一城，终一事。IAN游历过中国很多地方，最终选择落户在南京，显然有自己的想法："我喜欢南京的东坡肉，现在我们酒吧也会推荐这道美食。生活在南京，我觉得自己已经跟当地人无异。"

本篇作者　莫敏玉

踏梦前行，心向艺术

新锐青年艺术家 露莎

【我觉得衡量成功的标准不是拥有多少财富，而是能够不断追寻人生的意义，不断探索艺术道路上更新锐的表现形式。以梦为马，坚持自己的艺术道路就是成功。】

是天赋使然，也是敏感热爱，新锐青年艺术家露莎以一捧细沙描绘中国传统艺术，凭借20多年的绘画艺术功底，勇于创新，致力于打造高品质的沙画表演艺术盛宴。

基于对绘画艺术及舞台表演的热爱，露莎一直都在不断推陈出新，以灵动飘逸、超凡脱俗的艺术风格，开创多层次、多媒体彩色沙画艺术表演；把中国古典雅乐、舞蹈、书法、国画完美结合，呈现出极具中国传统艺术与现代舞台完美融合的"书画舞"。

她开创了中国绘画表演艺术的先河，赋予观众开放超前的全方位艺术感受。

十年艺术沉淀

4岁时的露莎，就梦想成为一个艺术家，带着作品环游世界。很少有人像露莎一样，将幼时懵懂的理想铭记于心，并执着予以实现。

自小沉醉在绘画艺术的世界里，露莎从来没有停下绘画的笔触。她就读于深圳大学，领略到深圳的创新精神。2008年她接触沙画，受到国外艺术家的感染，开始认真投身于沙画艺术。

热爱是不停创新的最好驱动力。露莎喜欢绘画，喜欢笔尖在画纸摩挲的声音，喜欢沙子从指间倾诉它的情绪。她将传统绘画和新型舞台表演结合，开创了一门新型绘画表演艺术，来传播世界的爱与美好。

10多年前，沙画这种表演艺术尚未涉足国内，露莎成为这种新锐艺术的开拓者之一。在经济飞速发展的时代，艺术市场对新型绘画表演艺术表现出空前的热情，商业市场需求激增。露莎从不敷衍任何一个邀请的平台，一个人扛着绘画道具负责演出的前后期工作，甚至包括自己的舞台妆容及服装搭配。

兢兢业业的职业精神，让露莎在业界颇受欢迎。无论是美国纽约布鲁克林沙画演出讲座与学术交流、巴基斯坦中巴友谊交流活动、泰国全球金融高峰论坛，还是韩国全球金融峰会论坛、斯里兰卡中斯文化艺术交流活动等，她永远全身心投入热情，用新的作品带给大家温暖与感动。

她从事艺术创作多年，平时工作和创作远没有舞台上那样光彩四射。四处奔波，露莎将欣赏美景的时间用在艺术创作上，落地即直奔演出舞台，无时差连轴转。她将自己全身心交付于艺术之路。

作为新锐青年艺术家，她一向遵从自己的内心，用艺术表达人与自然的关系，在天地灵气间汲取创作的灵感。

十年艺术沉淀，这份艺术气息之于露莎，已成为一种生活方式。

坚持新锐艺术道路

观作品可面人，露莎的艺术作品如她个人一般，蕴藏强大的内心力量，绽放华彩光芒。她的艺术作品呈现出鲜明生动的艺术形象，蕴含极深的艺术修养，还有对生活和自然的理解与诠释。

露莎凭借融合传统与创新的绘画艺术演出，一步一个脚印，用实力征服了观众，得到世界友人的喜爱。

赞誉没有冲昏头脑，她始终不负初心，坚持新锐艺术创作，给大众带来更多作品。

露莎相信每个作品都有其机缘，一如当初为南京浦口火车站的宣传片做沙画片头，当她真正踏足南京这片土地，来到科技新城江北新区，感受到传统文化与科技碰撞的魅力。她希冀来年的个人展能在这个充满活力的古都留下一抹浓郁的色彩。

本篇作者　莫敏玉

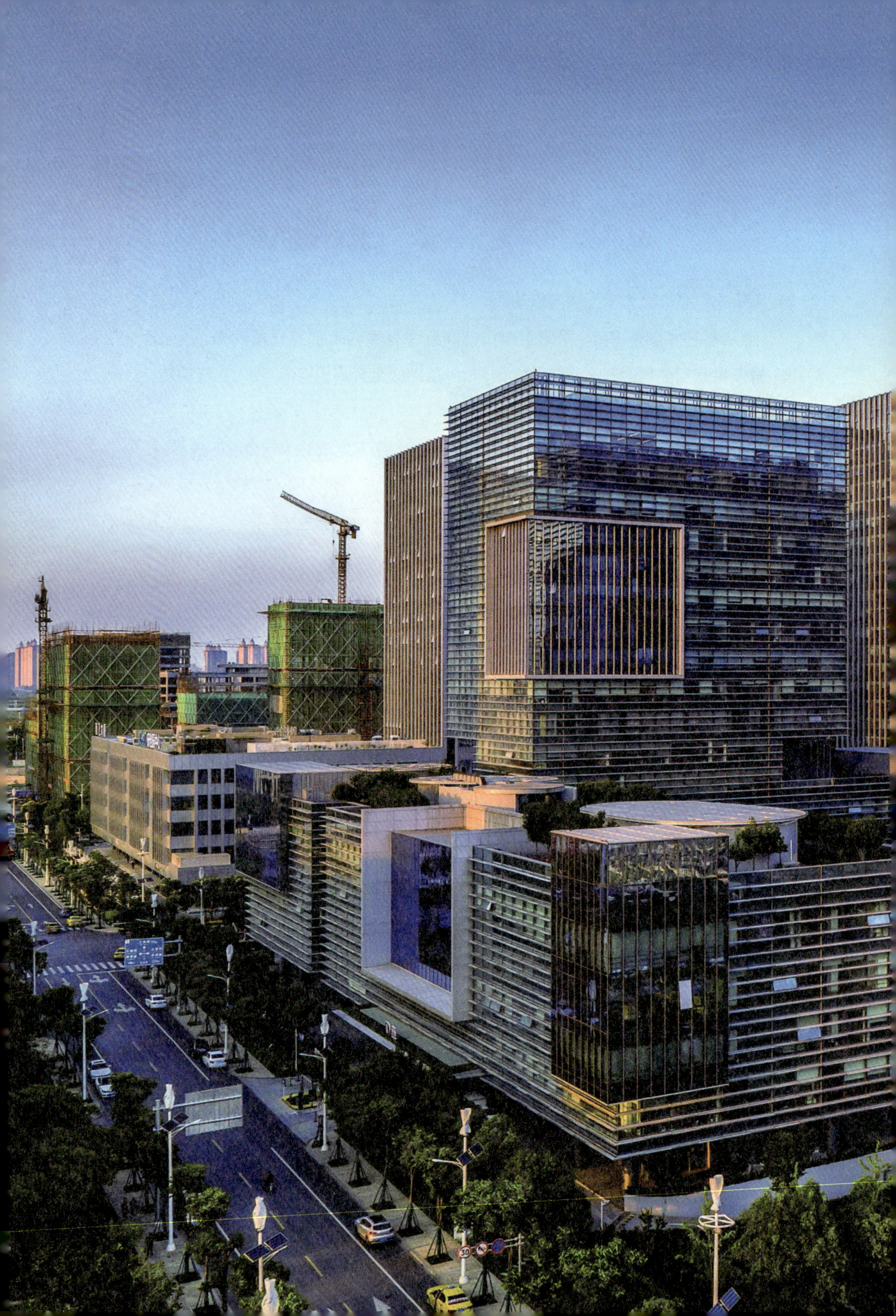

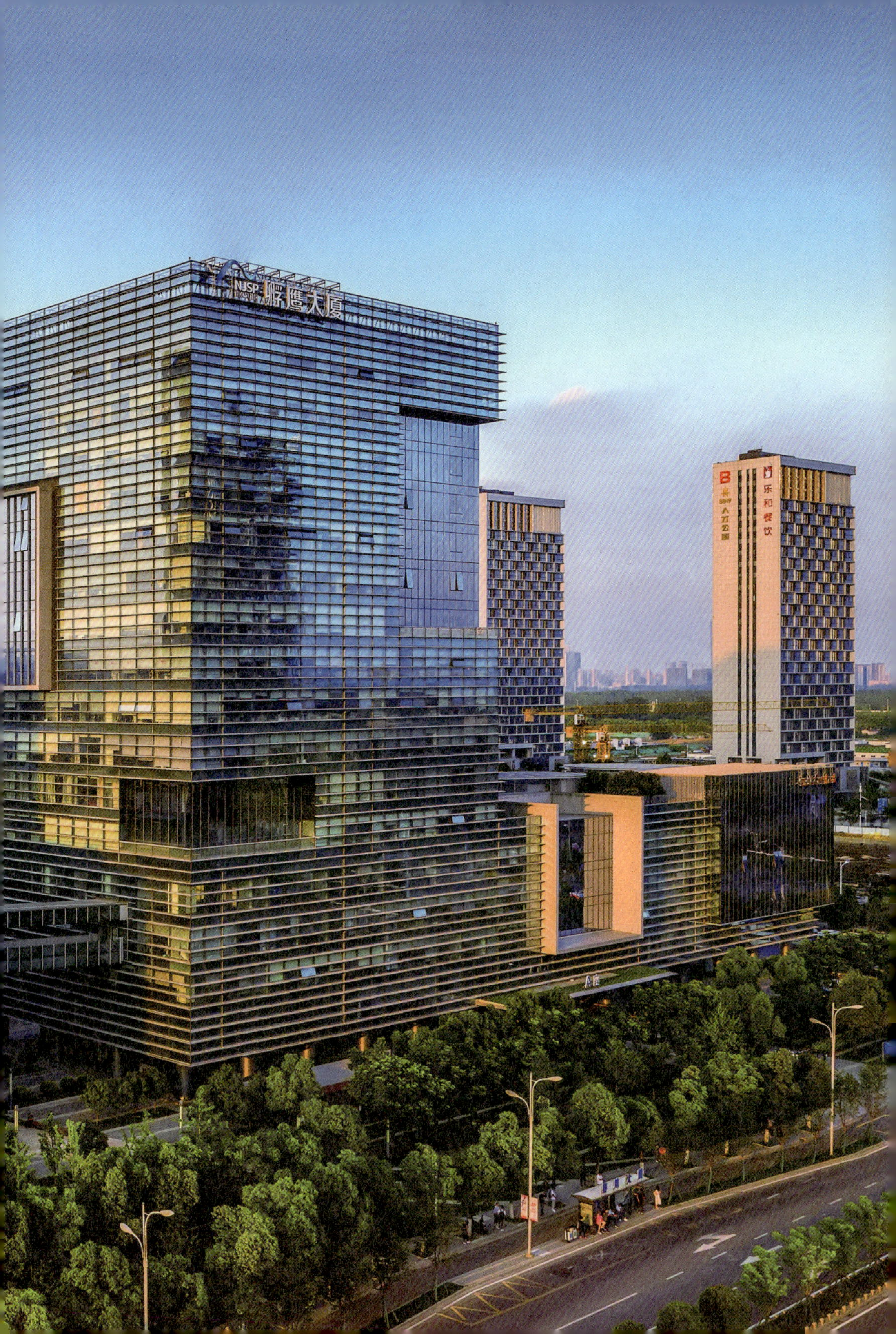
NJSP
孵鹰大厦
乐和餐饮

报国

CHAPTER SEVEN

为了国家的利益，使自己的一生变为有用的一生，纵然只能效绵薄之力，我也会热血沸腾。

——（俄）果戈理

改变中国芯，
不改中国心

南京中感微电子有限公司

董事长 **杨晓东**

【发达国家的芯片技术垄断全球，意味着国家的发展受制于人。我们现在有技术、有团队，何不顺势而为，闯出一条自主研发之路呢？】

从中兴被罚到华为芯片断供，中国感受到了核心技术"卡脖子"的巨痛，也看到了与挑战并存的机遇。拥有自主可控的中国"芯"，成为赢得新一轮科技革命的关键之钥。

如何补"芯"？唯有创新。而创新之道，唯在得人。

有中国心，才有中国"芯"，这是南京中感微电子有限公司董事长暨创始人杨晓东的理解。

学子归国，打造"星光中国芯"

20世纪80年代，改革开放初期，无数学子赴外求学，年少的杨晓东也是其中之一。他获得斯坦福大学电子工程学博士学位之后，在英特尔和惠普担任过高级工程师。凭借智慧与经验，他在美国硅谷创办了半导体公司Pixim，并发明了高性能DPS图像技术，拥有多项美国专利，在国际上发表了几十篇重要学术论文。

正当杨晓东的事业风生水起之时，他做出了一个出人意料的决定，放弃美国优越的环境和成功的事业，响应国家号召，回到当时集成电路行业还很落后的中国。从小在美国长大，他对中国的情况并不了解，但他很清楚，中国需要他。

1999年，杨晓东和邓中翰等留美博士一起回到国内，参与并领导国家战略项目星光中国芯工程，投身于具有自主核心技术和自主知识产权的超大规模集成电路芯片的研发、设计和产业化工作。作为星光中国芯工程的副总指挥兼总工程师，杨晓东也成为中国超大规模集成电路设计技术开拓人之一、国际数字多媒体芯片技术领域知名专家。

仅仅一年后，"星光一号"芯片诞生。作为国内首枚具有自主知识产权的数字多媒体芯片，它的成功研制彻底结束了这一领域中国"无芯"的历史，也代表着中国创造的成功。随后，星光中国芯工程突破了芯片设计15大核心技术，申请了4000多件国内外技术专利，星光系列超大规模集成电路芯片被苹果、三星、联想、戴尔、索尼、华为等计算机、手机、安防设备、智能终端大批量采用。

重新起航，开辟物联网蓝海

2009年，杨晓东选择再次创业。这一次，他把目光瞄准了物联网。当时，物联网的概念刚提出来不久，杨晓东就预感到万物互联的趋势，继计算机、互联网之后，能掀起下一个世界产业技术革命新高潮的就是物联网；而要实现万物互联，就离不开物联网的大脑——芯片。因此，杨晓东在无锡成立中感微电子公司，致力于物联网芯片的研发设计和产业化工作。

2016年，刚成立的南京江北新区被列为江苏省级集成电路产业发展基地，致力于打造千亿级集成电路产业集群。一时间，政策、人才、资金以及产业链上下游企业纷纷向江北新区集聚。作为江北新区和软件园重点引进的集成电路设计领军企业，南京中感微专注于研究开发传感网物联网芯片及其核心技术，目标是发展成为国际领先的物联网、传感网核心芯片提供商。

虽然成立还不到两年，南京中感微的音频传感网芯片产销量已居国内高端市场领先地位，技术成功跻身一线品牌，公司主要客户的蓝牙音箱系统占全球高端品牌市场的40%。中感微的另一产品线锂电池电源管理芯片，在很短的时间内做到了月平均出货量近亿颗，有望结束日本公司在中高端锂电池电源管理芯片市场几十年的垄断局面。

如今，杨晓东一手打造的中感微电子公司是高端蓝牙SoC芯片领域能与国际巨头直接竞争的中国芯片公司，年产芯片数亿枚；在蓝牙射频、视频传感、电源/电池管理芯片设计领域拥有丰富的技术储备，拥有483件国内外专利，发明专利授权量和拥有量在省内名列前茅。

凭借杨晓东的个人魅力和行业影响力，中感微聚集了一批曾在Qualcomm、TI、Atheros、AMD、联发科等国际知名集成电路企业工作过的高端专业人才，同时还自己培养了一大批优秀的集成电路设计人才。

近几年，国内芯片行业发展势头迅猛，但由于起步时间晚，基础较差，和世界顶尖技术还有很大差距。"不断创新和突破，是中感微能和世界巨头直接竞争的底气。"杨晓东如是说。

　　作为中国芯的坚定份子，杨晓东坚持自主创新，将继续投入数十亿元进行传感网物联网芯片的研发和产业化；音频传感网芯片方面将重点研发攻克语音人工智能SoC芯片核心技术，锂电池电源管理芯片也将向高端、新能源等领域拓展。

本篇作者　莫敏玉

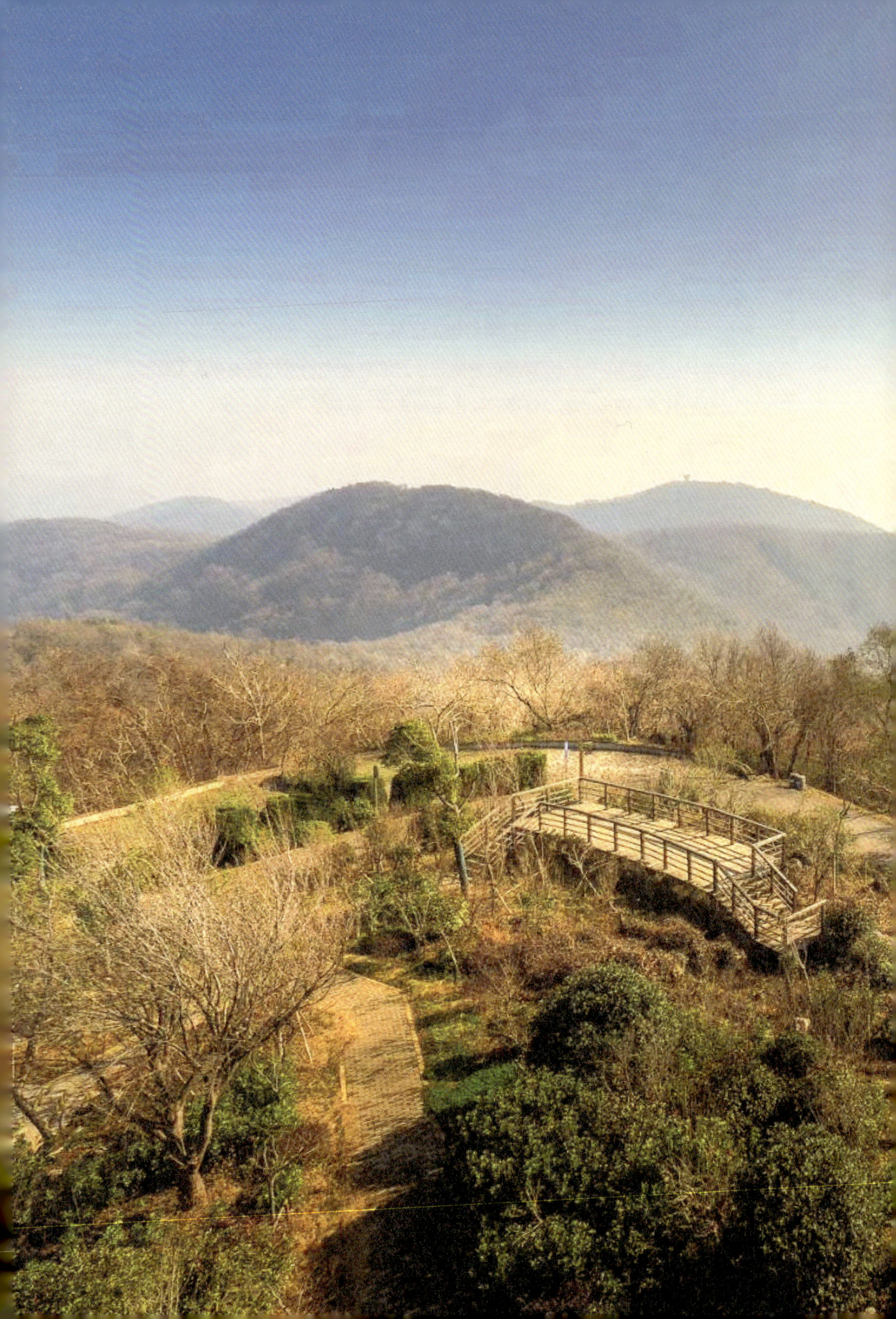

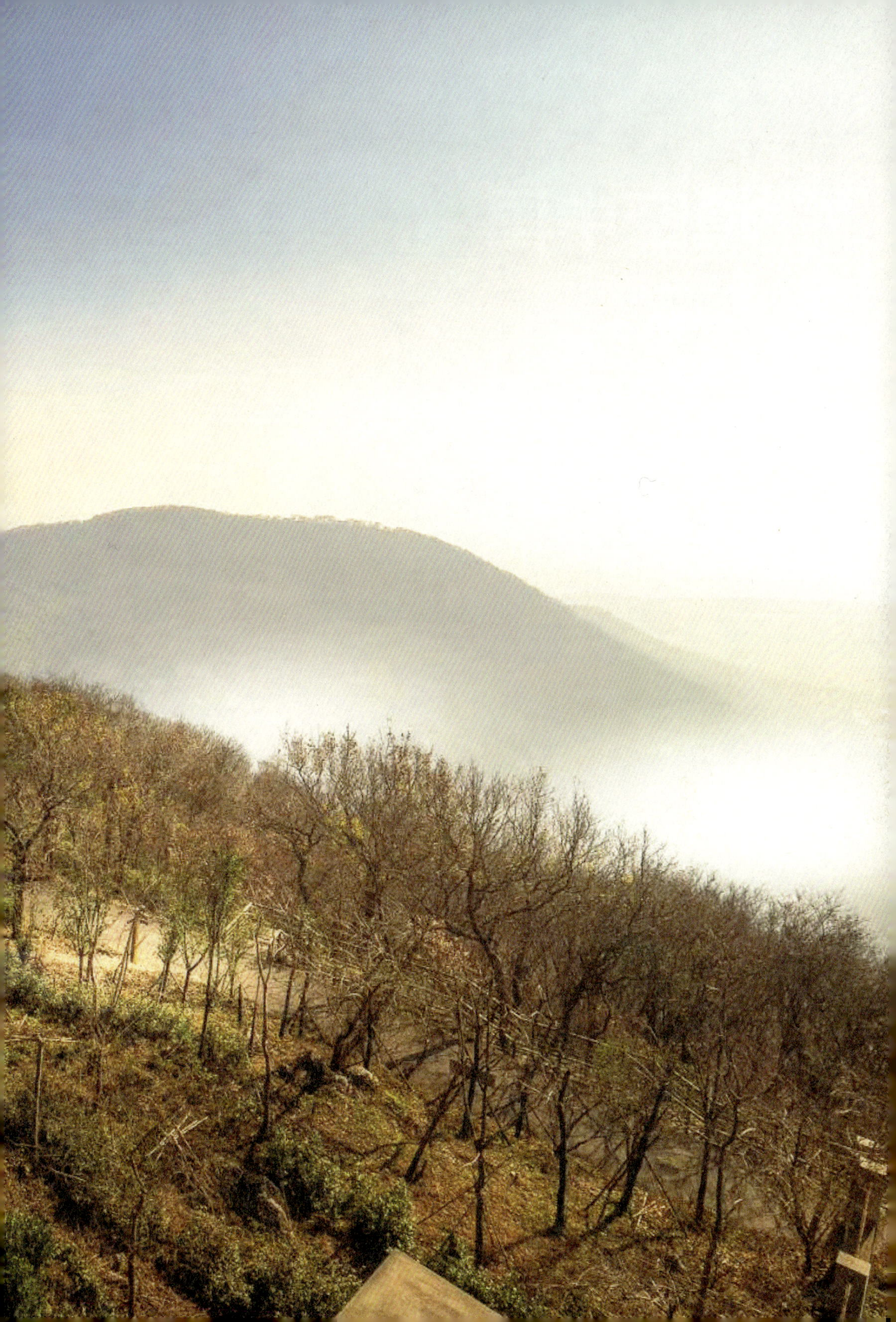

填空中国

南京楚航科技有限公司

CEO 楚詠焱

【世界上最快乐的事情，莫过于为理想而奋斗。我的理想是用技术填空国内市场空白，用实力在毫米波雷达的市场立有一席之地。】

CREATOR STORY 创想者

2000多年前，诗人屈原写下："路漫漫其修远兮，吾将上下而求索。"

在中国智能制造崛起的今天，中国民族企业家也在奋斗拼搏的道路上"上下求索"。幸运的是，他们遇到了一个好的时代。

楚詠焱的创业故事，就是中国汽车产业智能化进程中的生动注脚。

20世纪80年代出生的他，在德国生活了18年，供职博世13年多，如果不回国，每年圣诞，楚詠焱都会带家人去阿尔卑斯山度假。节奏固定，生活安逸。如今，他却要统统扔掉，从零起步。楚詠焱说："我的梦想就是用技术填空中国。"

致力于填补行业空白

楚詠焱工作时风风火火，精瘦，典型的理工男模样。他说自己性格外向，喜欢社交。在德国的时候，楚詠焱就常邀请到博世工作和学习的中国人一起烧烤，他家有个大院子，盛得下海外学子的孤独。久而久之，他有了诨名——掌柜。

周宏是楚航科技的副总裁，当初一起归国的四个家庭，就有他一家。公司民主，不设职位，只讲分工。COO李烜，CTO张我弓，公司内称李工、张工，周宏年长几岁，称老周。楚詠焱坦言，这样的称谓，可以拉近彼此的距离。周宏则称之为企业气场。

一起归国的四个家庭，都没有国内工作的经验。近20年不在国内，社会资源空白，创业经验为零。老话说，摸着石头过河，就是他们这个样子。所幸，他们技术足够好，足够有底气。

在汽车智能驾驶技术中，探测物体之间距离和运动的可靠技术，非毫米波雷达莫属。做毫米波雷达，国际上就是奥托立夫（Autoliv）、博世（Bosch）、大陆（Continetal）和德尔福（Dephi），有"ABCD"之称。国内很多企业在做，在77GHz技术上探索，却无一家像"ABCD"那样实现量产。

在智能驾驶研发上，美国领先于世界，中国是追赶者。楚詠焱认为："中国和美国都是top-down的思维模式，在自动驾驶开发上，先是顶层架构，实现自动驾驶的算法与功能。德国不是，它是bottom-up，先是感知层，比如雷达、摄像头怎么做到最好。

187

待这些达到要求了，才会考虑能够实现什么功能。"

在雷达产业浸润多年，三位创始人有了共同想法，趁着年轻回国创业，bottom-up是不二法门。中国有顶层设计，加上德国的稳健，便可带来质量可靠的产品；填补了空缺，中国智能汽车可迅速实现追赶和超越。也因如此，他回到了中国。

2018年，楚詠焱跑市场，客户看完连连点头道："很好啊，保持联系。"隔年，市场不一样了，同一个客户会急切地问："有没有样件让我们试一下？"可见，用户对于毫米波雷达的重要性认识逐渐增加。到2019年广州车展，楚詠焱留意到国产汽车前格栅都有个小黑盒子，就是为了装雷达预留下的。

2017年初创时，公司做过调查，国内车载毫米波雷达的装车率只有5%，35万以上的高端车才会装，要装也都是"ABCD"的产品。可这两年，汽车行业发展极快，15万到25万的自主品牌，车载毫米波雷达的装车率增加了8倍。

楚詠焱和团队想把这预留的空盒子填上。如今，楚航科技生产的两款77GHz车规级产品角雷达和前向雷达已经完成研发，即将量产，正值市场推广。

携手制定行业标准

回国创业，是摸着石头过河，是不断调整的过程。需求爆发增长，楚詠焱没有想到。他和其他创始人一开始没有建产线的打算，想先出样件，在市场上打滚之后，再找资源建产线。这是在德国形成的习惯，凡事准备两个方案，一个不行，另一个顶上。

公司的发展目标都达到了，但过程与预期很不一样。建产线如此，迁到南京江北新区如此，制造何种雷达亦如此。

他们是做技术出身，有最先进的技术，想做最难的前向毫米波雷达。可跑了一圈市场，见了竞争对手，决定调整思路，从角雷达开始，虽然它难度没有这么大。

"第一个产品必须是角雷达。"国外前向雷达在先，带动其他，国内正相反，是角雷达带动前向雷达。这差别多与消费者驾驶习惯相关。同时，楚詠焱判断，车载毫米波雷达的窗口期是今明两年，窗口期只进不出，进入就是占领，也就占据了市场有利地位。

他感慨"发展需要觉悟",觉悟是清醒认知,也是进取。

将汽车行业讲标准化,ISO26262是功能安全标准,楚詠焱是最早参与的制订者。归国造雷达,楚航科技在标准化上借鉴了博世。比如,雷达放什么位置,博世也经过许多实验,方才确定放在何处相对可靠。

国内众多同行,缺少累积,多是从零开始,不断试错。归国以来,楚詠焱一直与同行交流,他经常被问,博世的标准是怎样的?

楚詠焱和团队都推崇德国人的理念。在德国,和竞争对手交流是常态。"这是企业理念,也是民族文化。"楚詠焱把理念上升到民族文化,有知识分子的理想主义使然,他想把德国的企业理念与民族文化移植到中国。

"还没有做出好的产品,没有完成从0到1的突破,就需要合力协作。出现恶性竞争,突破底线,这是我不能接受的。"协作出标准,标准在市场。楚詠焱对现有的创业环境充满希望,他有了建生态圈的想法,与供应商、合作伙伴一起,制订标准,完善产业生态。

他是理想主义者,其表现不是知识分子的文字建构,而是科学家的精打细算——典型的德式思维模式,朝着目标跑,看的是脚下。

本篇作者 小魁

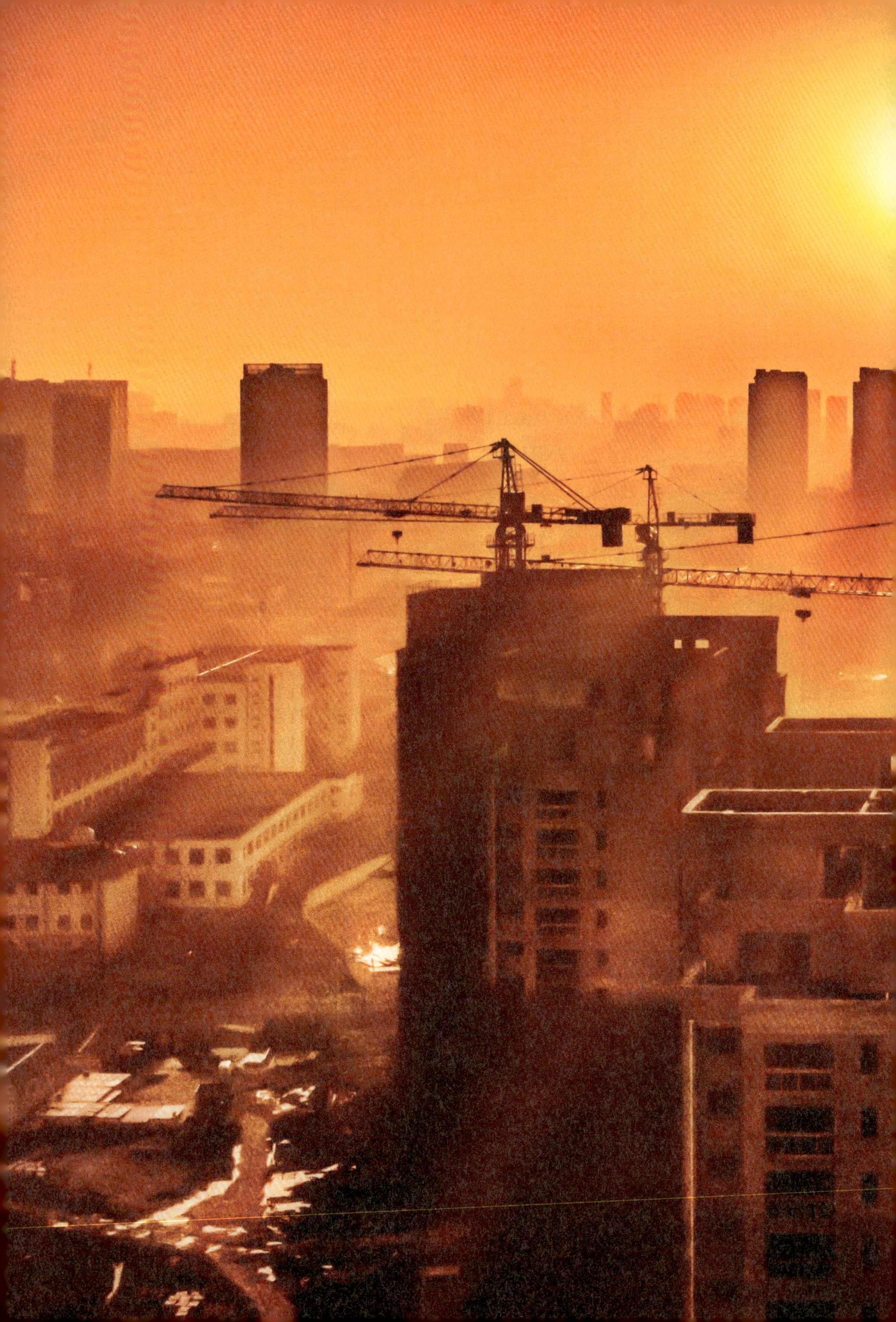

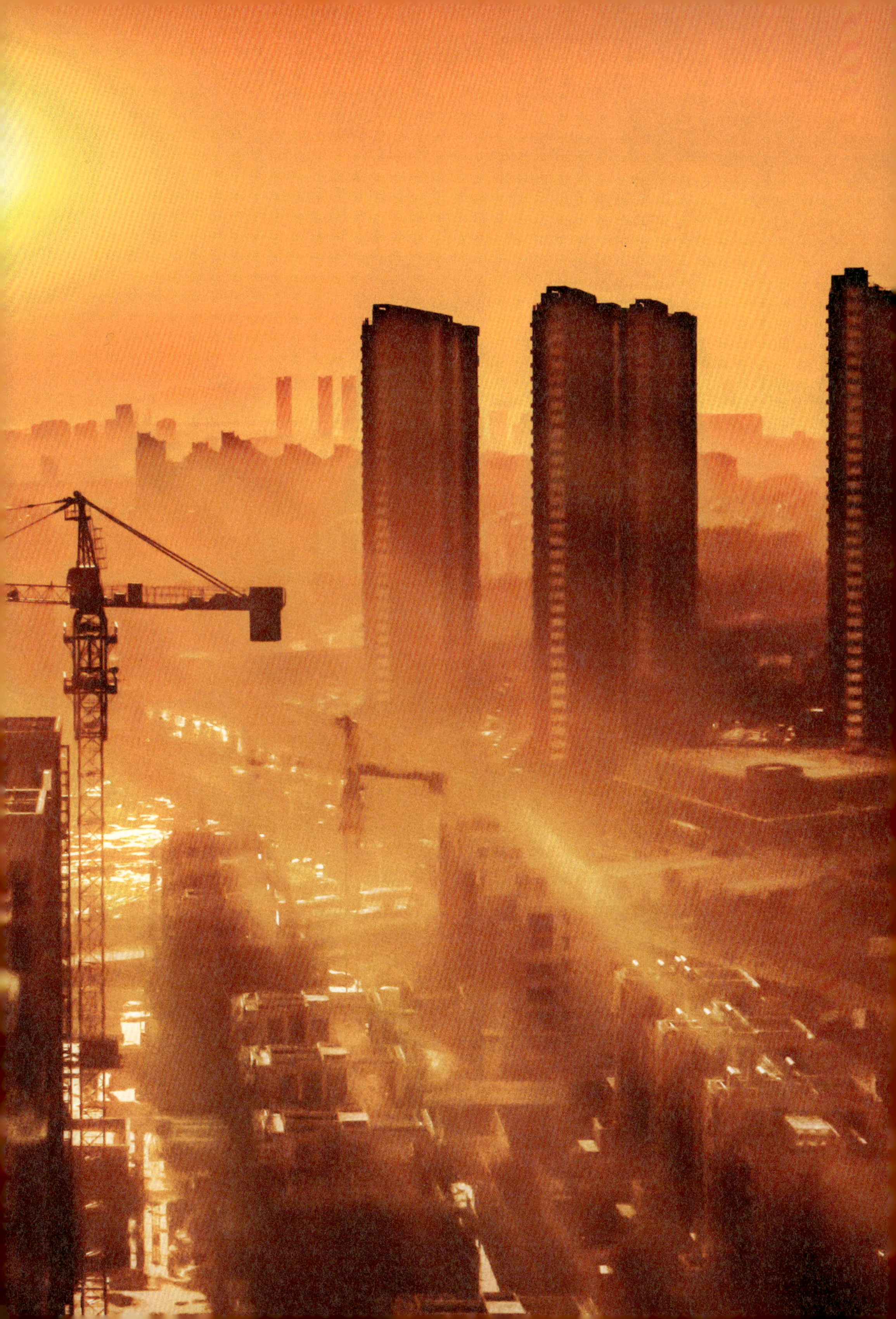

探索大数据的
星辰大海

江苏鸿程大数据技术与应用研究院
董事长 **黄宜华**

【坚守数据兴国,这个梦想也许要用花费终身来实现,但是我不后悔。】

从上古时期结绳记事开始，数据就伴随着人们的日常生活，但大数据概念普及到实践应用阶段，大致从2013年开始。因此，2013年也被称为大数据的元年，代表着信息技术从互联网时代进入到大数据与人工智能时代。

在大数据时代，各行各业的数据资源爆炸性增长。而大数据的核心就是数据信息的处理与分析挖掘利用。通过对大量数据资源的分析利用，可以实现数据资源的深度价值发现，以此为国家治理、企业生产管理、社会生活等各个方面，带来巨大的作用，创造巨大的价值。

江苏鸿程大数据技术与应用研究院董事长黄宜华沉浸在大数据的广阔世界中，努力探索这片拥有无限可能的"星辰大海"。

为国家做些力所能及的贡献

南京大学校园承载了黄宜华学生时代的青葱岁月和求知拼搏的激情时光。他本科、硕士、博士均毕业于南京大学，并于1986年留校任教。1998年，在他36岁时，作为南京大学的年轻教授，赴美国访问并留美工作10年。2008年，他从美国重新回到南京大学工作，于2009年建立了南京大学PASA大数据实验室。

大数据是一门广泛涉及到计算机各方面技术的系统学科，涉及到大数据的采集治理、存储管理、编程计算以及分析应用。经过10多年在大数据领域的研究和应用，黄宜华领导的实验室积累了一系列研究技术成果，建立了完整的大数据技术体系，团队拥有先进的大数据核心技术和前沿技术研究能力，具备国际主流开源系统与国内外知名IT企业合作研发能力。

实验室坚持"学术研究+实际应用"共同发展的理念，在注重高水平学术技术研究的同时，根据大数据技术与应用的特点，强化大数据系统工具平台的实用性，体现技术研究成果的实际落地及应用价值。凭借开阔的国际视野、过硬的技术研发能力、行业大数据应用开发与工程能力，他建立了广泛的国内外知名企业技术合作关系；指导并带领实验室的硕博士研究生进行大数据核心技术研发与攻关，取得一系列学术技术成果，并连续在国内外诸多大数据与人工智能大赛中获得专业大奖，并获得20多项技术发明、软件著作权和自主知识产权。

作为学者，教书育人为国家为社会培养优秀人才，是黄宜华放弃美国优越生活、工作条件的原因之一。回国10多年，他为南京大学硕士生和本科生开设了10多个学期的大数据方向课程，选课学生人数达到近2000人。此外，每年招10多个硕博士研究生，已经培养了60多位大数据专业的硕博士毕业生。

"每年能为中国培养十几位优秀人才，是一件很高兴和值得骄傲的事情。我想为国家、为社会做些力所能及的贡献。"黄宜华说。

过硬技术推动大数据产业发展

为贯彻落实国家"大众创业，万众创新"的政策和理念，同时响应南京推出的创建名城名校以及两落地、一融合政策，黄宜华率领团队依托PASA大数据实验室团队及积累的技术成果，在南京市政府和江北新区的大力支持下，成立了江苏鸿程大数据技术与应用研究院。

有别于学术研究，黄宜华创立研究院以来，思考更多的是大数据技术怎样结合市场和行业的实际应用需求，开创研发出更多满足市场需求的产品，将科研成果请出学校的象牙塔，进行成果转化和技术变现。他积极推进与Spark、Alluxio、阿里云等国际著名大数据开源软件社区的合作，先后与Google、Intel、微软亚研院、华为、百度、字节跳动、华泰证券、中兴通信、360等国内外知名IT企业合作；持续在大数据的发展和推广方面注入能量，助力江苏数字经济的发展，期望以此建设江苏省内标杆性大数据新型研发机构；在技术创新、应用与产业孵化、人才培养、以及国际合作交流等方面，形成新的竞争优势。

2020年初，来势汹汹的新冠病毒肺炎疫情肆虐全国，一时间网络舆情泛滥，各种不实信息充斥网络，给全国社会生产生活带来巨大影响。黄宜华团队怀着高度的社会责任，发挥大数据技术优势做疫情数据分析，用数据让社会大众了解更多的真相和事实。他带领团队每天开展疫情大数据分析和预测，并发布报告；在全国范围内第一个提出差异化分级防控的建议，并准确预测了全国范围疫情基本结束的时间点，为地方政府和科技园区的疫情科学精准化防控和企业的及时复产复工，提供了科学依据。

在推动大数据关键技术与行业应用发展方面，黄宜华一直认真践行。他以产学研协同创新的形式，以学校的大数据实验室为基础，联合相关企业，建立产学研协同创新与战略合作关系，共建产业孵化载体，推动建立大数据产业孵化，助力打造大数据应用新服务生态圈，以此推动江苏省大数据技术产业与数字经济的发展。

对于学者与企业家之间的身份切换，黄宜华直言："做学问和做企业完全是两码事。"这一年多，他同时兼顾学术研究与创业，每天忙到凌晨，就为了在两者间取得平衡，实现学术研究与产业发展的相互促进。

经历过迷茫、探索发展的过程，黄宜华在探索大数据"星辰大海"的道路上确立了新的目标，那就是推动大数据核心技术创新和成果转化，将技术成果应用于解决行业的实际应用问题，助力地方高新技术产业与经济发展，推动地方和国家的数字经济发展。

本篇作者　莫敏玉

始终保持奋斗者的本色

江苏集萃新型药物制剂技术研究所
所长 **全丹毅**

【我的目标是全身心投入，一辈子只做一件事——新型药物制剂的创新研究工作。我有信心为人生画上一个惊叹号。】

高端药物制剂是国内医药领域的一个空白，与国外已成熟的产业化发展形成鲜明的对比。

面对这一差距，中国新型药物制剂技术人奋力追赶，扎根于建设中国高端医药制剂产业链，江苏省产业技术研究院全丹毅博士正是这样一位先驱者、奋斗者。

全博士拥有30年的海外高端药物制剂研究和团队管理经验，将国外成熟的核心技术二次创新，引进先进平台，集聚创新资源，集中攻克技术难点，助力江北新区基因之城建设。

作为一个土生土长的南京人，全丹毅致力于推进南京先进药物制剂技术的产业转化与升级，构建支撑新型药物制剂产业发展的完整知识产权体系，加快中国高端药物制剂技术提升的速度，助推生物医药产业的创新发展。

打破完美句号，发现无限可能

在药物研究中深耕大半生，从一个勤奋努力的南京姑娘，成为享誉世界的新型制剂技术专家，全丹毅给自己的定位是制剂科学家。

1977年恢复高考，全丹毅作为首批考生，考入了中国药科大学药学专业，毕业后留校进入药学院药剂教研室工作。五年后，她出国留学，师从新型药物研究开拓者永井恒司，开始接触新型药物制剂的学习与研究。

"留学期间，我们研究生几乎每人都有一台药物研究最基本的分析仪器，但这种仪器在药科大却仅有一台，我留学之前都没有机会使用它。"全丹毅回忆道，"落后的差距感现在想来依然很震撼，那是我第一次意识到中国药物制剂领域与发达国家的巨大沟壑。国外已经产业化的技术，在国内竟然处于尚未开发的境地。"

囿于经济困难，也忧心新型药物制剂在中国的落后情况，全丹毅拼命苦学，一心只想学好技术就回国做贡献，在导师永井恒司及其夫人的资助和鼓励下，她见识到了更广阔的知识海洋，也听从自己内心的选择——去药物制剂发源地学习他们先进的研发技术、规范化的产品生产流程以及科技转移产业化的成果。

全丹毅主持研发的经皮给药制剂上市产品10多种，拥有国际专利及专有技术达20多项，已然成为经皮制剂领域杰出科学家。在离开中国30年后，借江苏产业技术研究院邀请全球各个领域科学家归国的契机，全丹毅带着满身荣耀毅然决然回到祖国的怀抱。

退休时写一本回忆录，就安享余生——全丹毅计划的人生有着完美的句号，顺遂而安稳。在这个档口，全丹毅却停笔思索良久，回国创业将是人生全新的篇章，于她而言是未知也是无限可能。

从零开始，创建产业生态链

"当你有能力的时候一定要回中国做新型药物研发，为国家做一点微小的贡献；当你有能力教导年轻人的时候，一定要不遗余力帮助那些渴望知识、需要帮助的年轻人。"当全丹毅决定回国创业时，她的导师欣然支持，成为团队的专业顾问。支撑她漂泊的海外学习研究的是感恩，是圆梦，更是一份家国情怀。

"实践就是产业化"，全丹毅说，"从学校到企业，从研究员到研发部总监，掌握新型药物研发到产业化系统，我觉得我有能力也有经验了，所以我回来了。"

从全球聚集了一批专业领域的优秀人才和顶尖技术，组建核心团队，引进国外成熟技术和产品——创业者的身份，让她不得不从零开始，从产业技术应用研究到产业集成创新，逐步完善产业链，促进科技成果转移转化。

在全丹毅的带领下，新型药物制剂技术研究所建立了比较完善的硬件设施和软件系统，并走过了从药物高端仿制到自主研发的历程。研究所吸收了国外公司的先进运营理念，即用专业的人做专业的事，以此探索适合中国的研发体系和创业结构。

中国的高端药剂制备是国家战略的重点发展方向。在江北新区这片创新创业的沃土上，全丹毅希望自己的科研成果和创业历程能给中国高端制剂产业注入更多生命力。

本篇作者　顾明敏

无线射频技术的攀登者

南京齐芯半导体有限公司
CEO 张珍瑜

【中国的芯片行业,特别是射频芯片行业,与国外有着巨大的差距。填补这个鸿沟,实现技术的飞越就是我的理想。】

受到全球贸易局势紧张、新冠肺炎蔓延等宏观因素的影响，国产替代是中国芯片行业发展的主要路径。随着无线通信技术在移动通信、物联网等领域的广泛应用，射频集成电路国产化的道路也迎来了新的机遇和挑战。

射频技术是半导体产业的一座险峰，要想成功登顶，不仅要耐得住寂寞，还要吃得了苦。南京齐芯半导体有限公司CEO张珍瑜就是这样一位射频技术高峰的攀登者。

跋涉于行业之巅

在国外博士研究生毕业后，张珍瑜进入RedDot Wireless担任业务开发和运营副总裁、PrediWave公司的业务运营总监，练就了一身过硬的技术本领。

"我原本是学国际政治的，跨界到了通讯行业，等于一切从零开始，只能埋头钻研技术。"一向勤奋自律的张珍瑜用自己的勤奋刻苦克服了重重挑战，开启了通讯技术学习的新天地。

沉浸于通讯领域20多年，张珍瑜始终像海绵一样拼命吸收各种知识，抓住一切机会学习，并在运营、商务谈判、战略规划和企业管理方面拥有丰富的经验，在集资、团队建设、与代工厂和OEM建立合作关系方面有着深厚的理论基础。

如果说半导体技术是座高山，美国就处于峰顶。多年来，她饱览峰顶景色，认为人生应该尝试更多不同。2018年，张珍瑜就对硅谷的团队表态："中国的芯片行业，特别是射频芯片行业，与国外有着巨大的差距。填补这个鸿沟，实现技术的飞跃就是我的理想。"

为了这个理想，张珍瑜与其他海外归来的科技创业者一样，有着强烈的报国情怀。2019年，张珍瑜以南京齐芯半导体有限公司CEO的身份踏上了江北新区这块创新创业的热土。

怀揣实业报国的想法，张珍瑜就这样勇敢而坚定地踏上了创业之路。

当前无线通讯产业正在中国高速发展，有着巨大的市场需求，而现有厂商无法提供完整解决方案。行业"痛点"既是机会又是挑战。张珍瑜选择继续深耕无线通讯产业，瞄准wifi射频芯片解决方案，趟出一条"齐芯"之路。

科技与人沟通的桥梁

在万物互联的时代，芯片、传感器、通信协议千差万别的应用场景碎片化问题明显，这也是无线射频技术的难点所在。

由于无线通讯标准不一，有蓝牙、Wi-Fi、ZigBee、PLC、Z-Wave、RF、Thread，等等，技术方案不统一，体系结构不一致，阻碍了物联网的发展，也局限了互联互通的范围。

面对这个问题，张珍瑜专注于芯片技术，规划设计了软基带处理器 SOC芯片APS1001，"这是一款低功耗、可编程的软基带处理器SOC芯片，内建无线通讯软件优化的DSP，可以高速处理多模多频和客户自定义的无线通讯协议，适用于低功耗、高效能、可扩展的软基带通讯终端器件和系统。"张珍瑜表示，目前齐芯半导体已经获得国内低轨卫星物联网相关客户的认可。

虽然公司刚刚起步，但是作为射频芯片行业的后起之秀，齐芯半导体运作效率很高。"我们为了同一个理想来江北新区打拼，凝聚成了极强的战斗力。"张珍瑜透露，公司经过半年多时间已研发出国内第一颗国产化芯片NRF9022，目前正在测试阶段。此芯片是代替美国ADI公司的AD9361，作为一款被广泛使用的射频收发器，是一款面向基站应用的高性能、高集成度的射频(RF)Agile Transceiver捷变收发器。该器件的可编程性和宽带能力使其成为多种收发器应用的理想选择。对于初创公司而言，这是个很不错的成绩。

在美国硅谷工作多年，张珍瑜坚持开放的管理模式，"我认为科技不是冰冷的，而是能够与人沟通、互动的。我本人非常重视团队之间的沟通，有效沟通是解决多数矛盾的关键。"

在齐芯半导体，团队氛围既有冲劲也有韧性。张珍瑜从自己做起，主动和员工沟通，互相探讨学习。经过团队共同努力，截止2020年12月，公司已经拥有国内外专利40项，"正如公司名称一样，我们团队不管遇到什么样的问题和挑战，大家齐心协力，最后都能达到目的。"

"未来，我们要打造成为世界级的无线通讯芯片与解决方案企业，成为中国的Analog Device（亚德诺）。"张珍瑜胸有成竹。目前，她致力于聚集海内外技术人才，扩大团队规模、研发生产前沿产品，共享IP资源；通过深耕国内市场，以中国大陆高端制造2025计划为路径图，不断研发符合中国芯片2025计划的技术和产品。

本篇作者　郑格格

CREATOR STORY

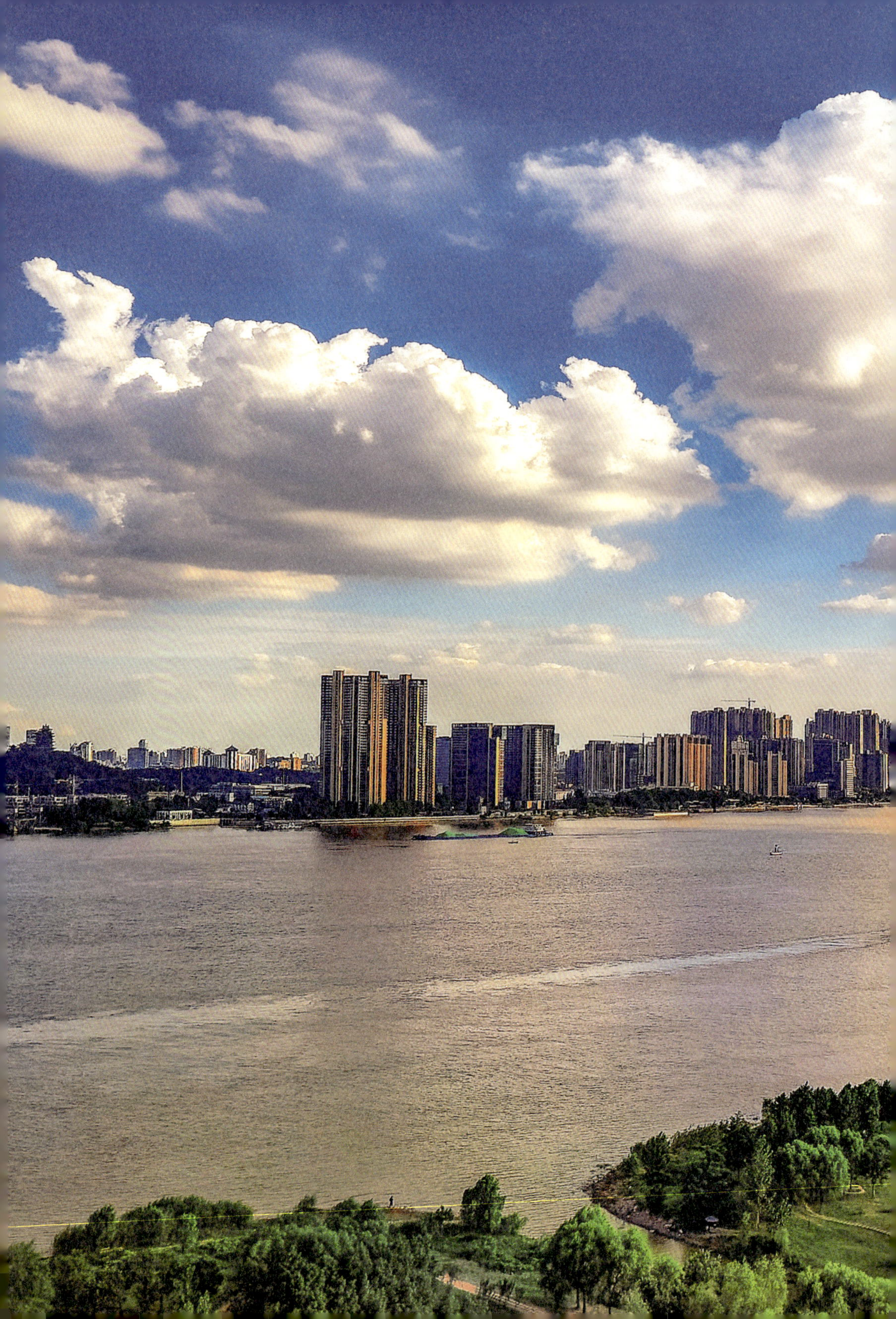

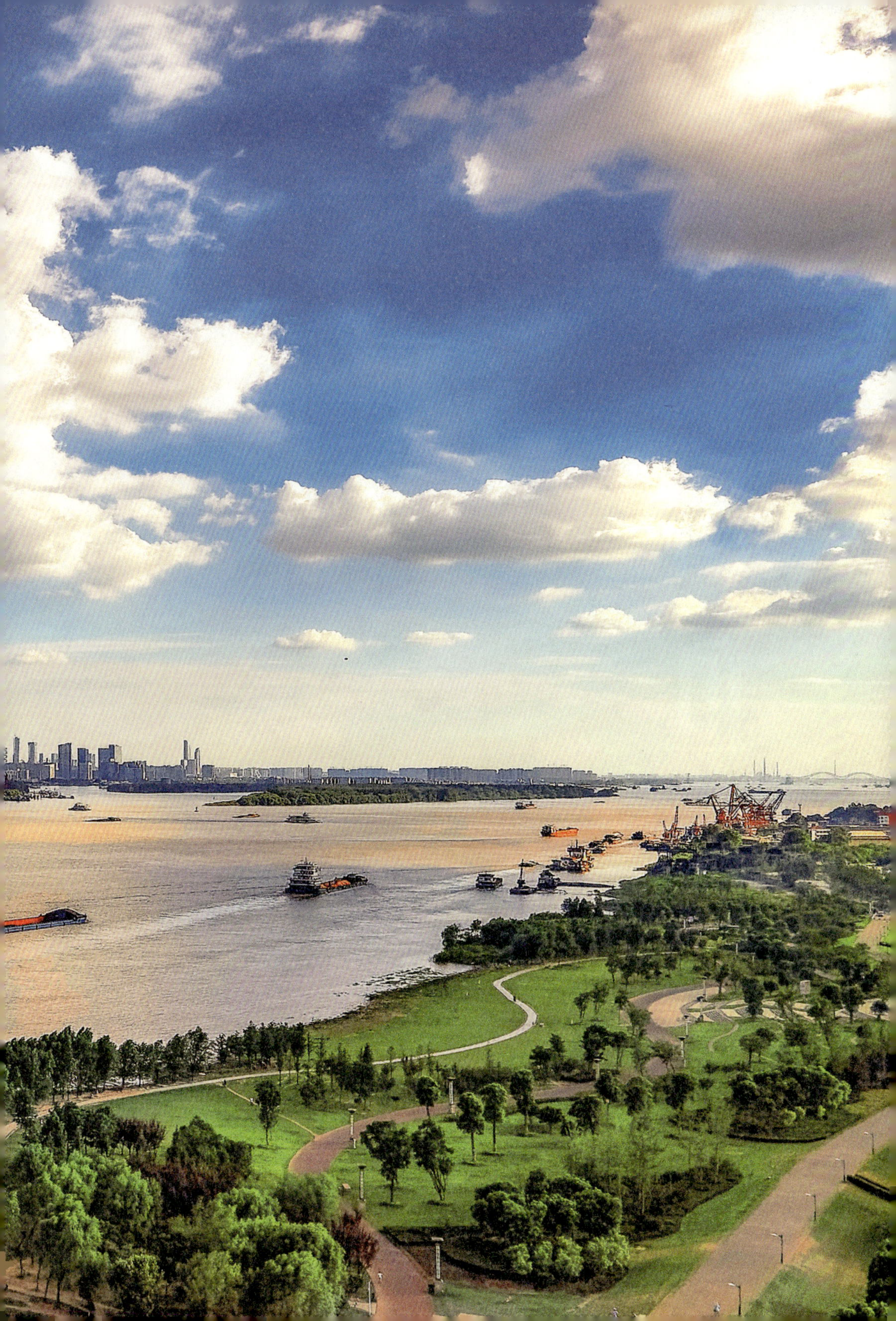

济
CHAPTER EIGHT
世

有的人觉得能够舍身,能够用牺牲来对人类表示深切而毫无私心的同情,是一种快乐。

——(法)罗曼·罗兰

从基因学科学家
到科创家的蜕变

江苏集萃药康生物科技股份有限公司

董事长 高翔

【曾经有人问我,如何评价创业科学家的成就?用收入产值、产业服务还是革新?我认为,如果一个科学家在这个过程中能创造理论体系,产生新的思维,用科技研究改变世界,让世界变得更好——这应该是一个科学家创业瞄准的目标。】

没有任何一个时代如今天这样，科学与实业空前的结合。

1907年，美国波士顿郊外的宠物鼠养殖户Lathrop女士将小鼠卖给了哈佛大学的Castle教授，培育出第一个现代实验小鼠株系，自此人类遗传学、肿瘤学、免疫学等学科的发展便与实验小鼠产生了密不可分的关系。100多年后，实验小鼠已步入成熟的商业化发展，能针对不同研究领域的需求定制培育实验小鼠株系。

在南京江北新区，有一位国家遗传工程小鼠资源库主任、江苏集萃药康生物科技股份有限公司董事长高翔教授，正是集科学家和企业家双重身份于一身的实干家。从事的正是小鼠实验模型的研发与生产。从海外回国后20年里，高翔对小鼠模型的持续痴迷，成就了今日国际上规模最大的遗传工程小鼠基因工程改造平台，国家科技资源共享服务平台国家遗传工程小鼠资源库，及国内最大的基因工程疾病模型资源中心与技术服务商。

创业与科研是殊路同归

在很多人印象中，科学家应该专攻某个领域，数十年如一日地发现、证实、推翻、再发现，可高翔似乎有些不"专心"。本科就学于动物学专业，硕士攻读生物化学方向，博士研究发育生物学，博士后再次改变研究方向研究遗传学，他评价自己，"不够专心，似乎不是做科研的料。"

话虽这么说，但高翔在南京大学的科研和教学工作硕果累累：运用基因组改造技术建立人类重大疾病的动物模型，研究发病过程的分子和细胞生物学机制；发表SCI源研究论文200余篇；承担国家973计划和科技支撑计划等30多项课题；并担任现任国家遗传工程小鼠资源库主任、医药生物技术国家重点实验室主任、中国细胞生物学学会监事长等多个重要职位。

然而，高翔发现越来越多的现代科研成果出自商业公司而非高校，像基因泰克、谷歌、苹果等世界级企业，都拥有行业内最尖端的研发团队，研究成果也更直接地影响了人类健康。2017年底，借助南京政府的两落地一融合工程，鼓励高校教师走入市场，将创新与科技融入到社会，高翔带着一批专家团队，和江苏省产业技术研究院及江北新区生物医药谷共同发起组建了江苏集萃药康生物科技股份有限公司。短短两年多时间，公司就收获了一批国内双一流高校、科研院所、国内著名三甲医院、国内外知名药企等近千家优质客户。

再好的商业规划都比不过市场需要

高翔创立集萃药康不到三年，便成为行业中的佼佼者，拥有生产型SPF级动物设施上万平米，模型创制能力年超5000个，自主研发品系涉及神经、心血管、肿瘤、代谢等疾病模型近万种。

本以为这是经过科学精密的商业规划后的成果，高翔却说："我自己认为商业规划其实就是安慰剂效应，再好的计划都比不过市场需要。"

公司发展顺遂，高翔依然有比起市场、比起资金更担心的事情，那就是只为盈利而做出无聊的产品。他决定出来创业，是因为大学的研究手段、研究经费、研究体制有着各种限制，相对来说，企业的研发则更少受约束、更具活力和创造性。企业可以利用商业化手段建立更好的实验动物模型，促进生物医药创新。

也许因为这点，高翔自公司创立起，就特别关注产品研发和扩充，如今已拥有近9000个自主基因剔除小鼠品系；建立了近200个肿瘤免疫靶点基因人源化模型，已用于免疫检查点治疗性抗体药物的临床前药效评价。接下来，集萃药康的斑点鼠计划在2021年完成所有2万多个蛋白编码基因的条件性敲除小鼠模型，成为全球最大的自主知识产权小鼠疾病模型资源库。

关于未来的发展，高翔始终是一副风轻云淡的样子。他相信，只要坚守原点，公司将通过创造出更多可供研究的优秀实验动物模型，让这个世界变得更好一点。

本篇作者　莫敏玉

解密人类生命
健康密码

上海南方基因科技有限公司

董事长 **金维荣**

【对我而言，创业贵在坚持。对于看好的事情，一定不能轻言放弃。因为成功与失败之间，往往只有一步之遥。】

10年之前，DNA、RNA、基因测序对于很多人来说，还是出现在科幻作品中的专有名词，但就在短短的三四年间，基因产业的迅速崛起让这个罩着神秘面纱的领域逐渐走入公众生活。

　　随着基因测序技术的进步，以及基因分子诊断技术应用在医疗实践中得到普及推广，人们医疗保健意识日益增强，预防治疗正逐渐取代以治疗为主的医疗方式。

　　解开人类生命健康的隐藏密码，是金维荣创立上海南方基因科技有限公司的初衷。

推动中国基因组产业发展

　　本世纪初，美国、中国、英国、法国、德国、日本6国科学家共同完成了震惊世界的人类基因组计划，成为人类科学史上三大里程碑之一。

　　人类基因组计划的完成为医学发展与疾病治疗提供了更多可能性。世界各国科学家、医学机构利用人类基因组的序列数据，不断解析基因与疾病、治疗的关系。随着基因研究的不断深入，人类对自身的认识也提升到了前所未有的高度。

　　金维荣是国家人类基因组南方研究中心研究员，加入研究中心即和高素质的专业人才共事，进行人类基因组的研究和应用开发。他们引进世界先进技术，建立基因表达/甲基化和大规模高效单核苷酸多态基因分型检测平台，创建中国人群基因组SNP及其单倍型数据库，为进行重大疾病相关基因的SNP筛查和功能研究提供了坚实的保证和基础。

　　作为一项超前沿的科学研究，且面向中国生物医药发展的重大需求，金维荣明白身上肩负的使命，不仅是积极参与人类基因组测序和基因识别的国际竞争与合作，还要将这项解密人类生命健康的技术，以多种方式积极促进成果转化，推进中国基因组产业的发展。

　　他一直为解密人类生命健康的事业，砥砺前行。

专业人才能做专业事

"我这顶多算是个人创业，实则还是本分的工作。"金维荣道，"做企业的目的，最终是为了找到更好的商业模式，将基因技术进行产业化。"

金维荣有着10多年基因产业的研发、生产和销售经验，并积累了良好的人脉和资源。追求基因技术与商业模式契合度的他，从2013年落户南京开始，不断探索创新基因检测产业链，为国内外的生物医药行业科研单位、医学院校和医药企业以及欧美的大型制药公司提供基因测序、STR扫描、SNP发掘、SNP分型和关联分析、mRNA表达谱、甲基化水平检测等技术服务。

消费型基因检测技术，即直接面向普通消费者的基因检测技术。消费型基因检测应用到预防医学和健康管理上，通常以健康与疾病易感检测为主，也会应用到一些有趣的方面，比如情绪、味觉等检测。

生物科技落地，无论在谁看来都是未来大有可期的事业，但在当年条件尚未成熟的情况下，金维荣依然坚持投资入股者必须是认同且能坚持相同理念的企业与人才。

"我比较传统，认死理，觉得专业人才能做专业的事情。"金维荣说。同样"认死理"的还有南京政府，将其团队引进321重点人才项目，一拍即合的双方本着干实事的态度，希望把这份对人类大有裨益的事业做大做强。

得利于江北新区的扶持，金维荣的消费型基因检测服务平台有了清晰的模式，立足于常规品种、肿瘤基因及唐氏综合症无创产前筛查试剂等产品的研发、生产和销售，开展包括健康解码体检项目等基因检测类服务；通过不断更新的技术平台和人性化的服务，为消费者提供有价值的诊断产品和健康管理服务，致力于成为一流的临床分子检测产品和健康管理服务的系统供应商。

服务人类生命健康产业，金维荣希冀建立起贯穿上游基因组研究、下游基因产品研发与销售转化的完整产业链，上市更多健康产品，利国惠民。

茶人品饮而悟道。喜欢传统茶道文化的金维荣，创业道路也如同品一杯香茗，探索基因技术，找寻创新商业模式，并在其中感悟自我，完善自我，从而悟化人类生命之道。

本篇作者 章敏玉

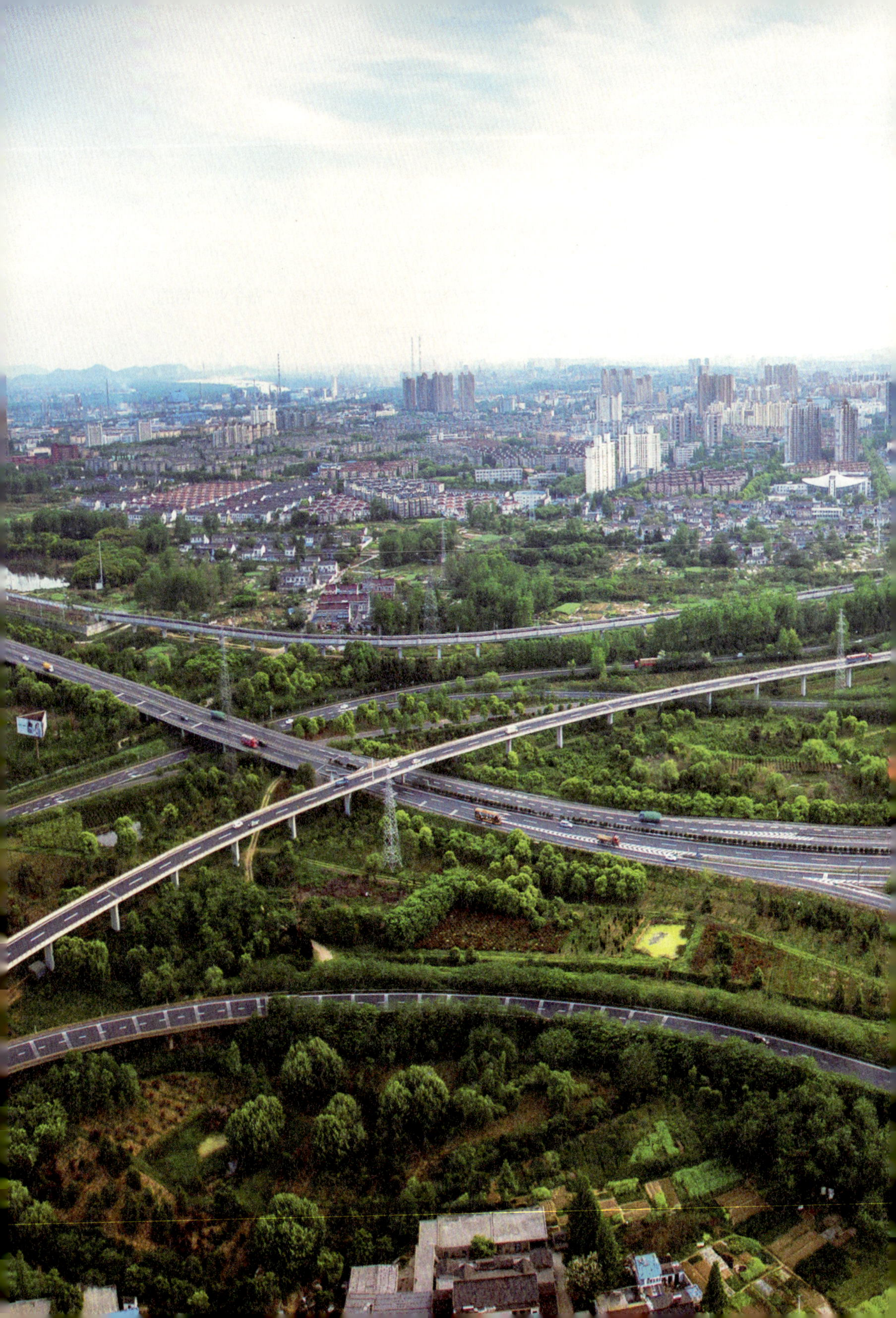

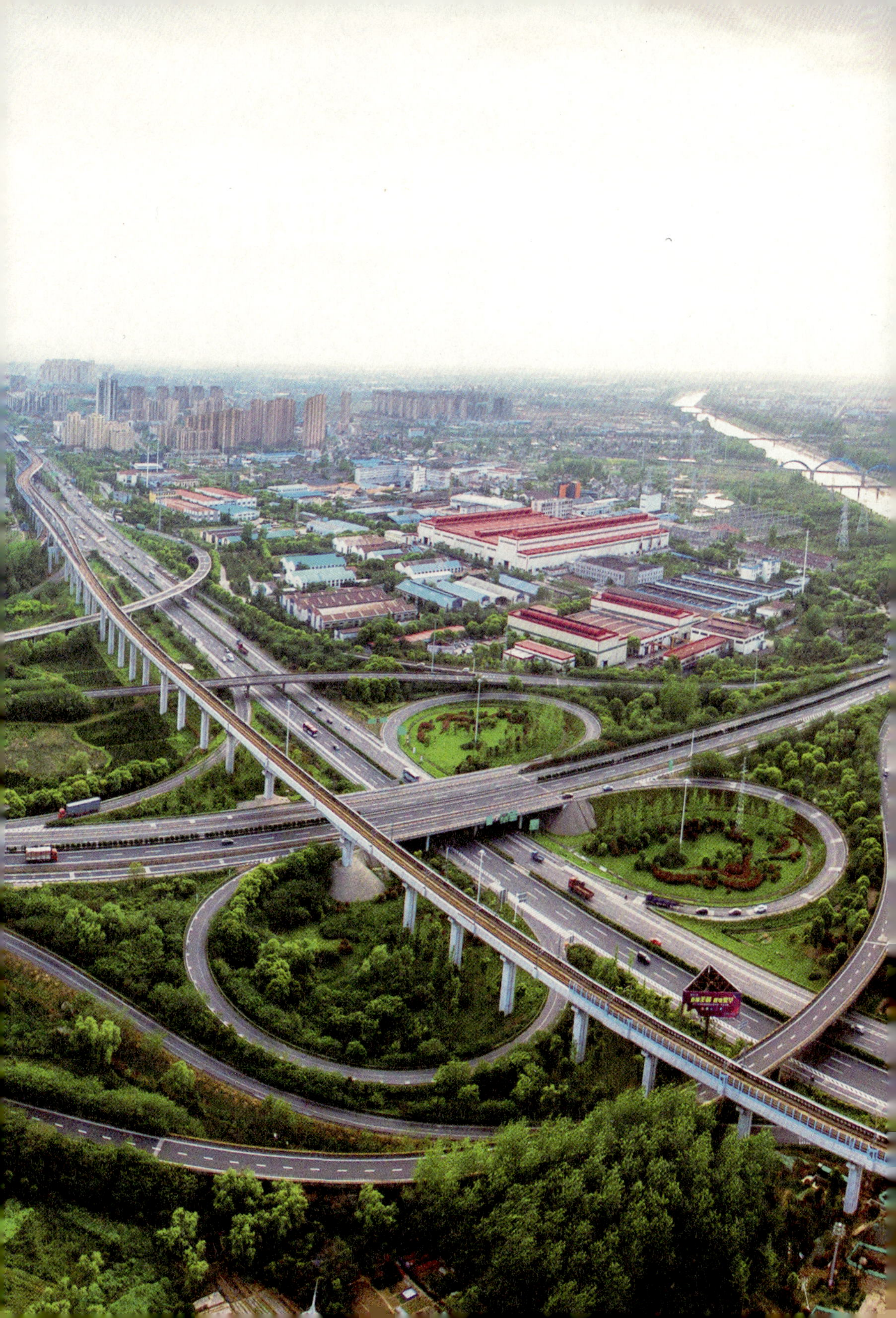

医疗大数据领域的
一匹黑马

南京医基云医疗数据研究院
院长 何新军

【人工智能时代，物联网的发展产生海量数据，如何整治庞大的市场数据库成为每个行业的挑战命题。我创业的长期目标就是普惠医疗健康，解决老百姓就医困难的社会问题。】

随着人们多层次健康需求日益增长，医疗健康产业发展正处于重要战略机遇期。新一代基因测序技术(NGS)为临床基因检测带来了革命性变化，通过患者的各类临床数据和基因数据，进行精准检测疾病状态和实施对症治疗，已成为临床实践的基础。

南京医基云医疗数据研究院院长何新军立足于南京江北新区医疗健康大数据中心，重点挖掘医疗数据的价值，开发生物信息算法、临床数据和基因数据的整合。何博士具有丰富的科研和管理经验，在生命科学领域积累了深厚的研究经验；整合以数据为基础、算法为核心的数据，深度研究临床数据和基因数据，完善标准化数据分析流程，建立疾病模型数据库。

他的理想是，利用人工智能构建医疗健康大数据模型，助力精准医疗。

挖掘医疗数据的价值

何新军选择基础生物科学研究，初次接触到医疗数据的边缘，就知道基因数据和临床数据将逐渐成为从科研到临床不可缺失的一部分，影响医疗健康产业的未来发展。

而医疗健康产业未来需要的，是整合医疗数据，挖掘医疗数据的潜藏价值并应用到产业智能化发展的道路中。何新军在国外从事基因相关工作，积极关注国内医学研究进程；回国创业后，依托国家级医疗健康大数据中心，深度整合现有临床数据及基因数据，致力于将数据转化为医学研究依据，赋能医疗健康产业的发展。

"回国创业是因为看好国内医疗健康事业的发展前景，"何新军说，"另外是想整合现有的医疗资源，联动医疗机构和各大高校创新技术研发，带动地区的医疗水平。与此同时，巩固自己的创业基础。"

借助标准化的业务系统，何新军对积累10年的海量临床数据和基因数据再分析，同时完善各医疗机构临床数据信息化，针对不同疾病的专病数据模型开发出智能医疗大数据平台，使人工智能辅助诊疗成为可能，并实现了与全国顶级医疗机构的深度合作。

"医疗数据的核心是现有数据的集成，挖掘其中的联系价值，形成有数据可循的疾病模型中心，反馈社会临床医疗，提高临床实践的效率。"

何新军的创业道路，不仅验证了他自身的能力，还体现了他更高层次的社会追求，那是在清华大学读书时建立的社会责任感。

逆境中破局重生

为什么放弃光明的前途和安稳的生活，选择回国创业？

何新军与家人曾对回国创业做了最坏的打算，为了实现更有价值的人生，他还是携一家老小回到国内，开始面对全新的社会环境。

"环境、家庭、个人心境跟创业前有着很大的差别，"何新军品味其中的复杂，笑说，"不过我儿子回国后倒是很高兴，有了一群玩闹的小伙伴。"

初回国，何新军与太太很是艰难地适应了一段时间，才融入国内的人情社会。面对生活的改变和创业接踵而至的种种困难，何新军始终坚定地朝着自己预期的目的地迈进。

"创业过程中，资金吃紧和人才流失是最大的困难，频繁出差也不可避免，生活好像永远在路上，但实现最终目标的快乐也是无可比拟的。"何新军总结道。

创业肯定是吃苦受累的活，何新军这样理解这份苦——为了工作去创业会很累，但为了实现人生价值就会痛并快乐着。

通过对基因和临床数据的深度挖掘，何新军希望带给临床科研人员更深度、更真实的研究灵感，帮助医生在临床实践中取得更具行业影响力的成果，支持药厂的药物研发。

本篇作者　莫敏玉

中国制药征途上的"分子建筑师"

南京合巨药业有限公司

创始人 **潘国骏**

【作为一名医药工作者,深耕科研,勇于创新,用自己的理念和知识造福人类,就是我的价值。】

随着中国经济快速发展，中国制药企业积极响应国家政策，加大对仿制药、创新药的研发，提升制药技术水平，加快中国由"制药大国"向"制药强国"转变。未来中国医药工业行业产业结构将进一步升级，生产工艺先进、药品疗效好的医药企业在升级过程将具有更大的优势。

制药行业的飞速发展也使得市场对于药物中间体的需求与日俱增，越来越多的人投身到药物中间体研究的浪潮中，南京合巨药业有限公司创始人潘国骏便是其中之一。

落叶归根踏上创业路

从南京大学硕士毕业之后，潘国骏就只身去了国外。先是在美国科罗拉多州化学系攻读博士学位，研究天然产物全合成，而后在斯克里普斯研究所和加利福利亚大学圣巴巴拉分校进行博士后研究。

完成两站博士后研究的潘国骏，拿到了新泽西一家医药企业的offer。面对优渥的行业环境和物质条件，潘国骏思虑再三，还是选择了回国。"一是我和家人的联系比较紧密，父母需要有人照顾。另外从实现个人价值的角度来讲，回国的话把自己学到的知识运用到药物中间体研发上，促进国内医药市场的发展，这是我更希望做的。"

2014年，潘国骏进入南京药石科技，担任研发部主任。三年后，潘国骏离职创立了南京合巨药业。从小在大厂长大的潘国骏把公司建立在江北新区新材料科技园，"我从小在大厂长大，对故乡有很深厚的感情，而江北新区新材料科技园的软硬件条件也很适合科技型创业公司发展，无论是政策还是实验设备对公司发展都很有帮助。"

立足高级药物中间体研发

创业初期的顺利与否很大程度上受发展方向影响，潘国骏根据市场及自身的情况选择了药物中间体研发的道路。药物中间体定制合成可以帮助国内外新药研发公司提高研发效率，保证新药更快进入市场，让患者受益。

科研型企业想要保持核心竞争力，在市场竞争中脱颖而出，必须时刻走在行业前沿。为了了解最新的环境和技术，潘国骏每天都会阅读最新的化学文献，甚至个人的兴趣爱好也无暇顾及。

多年从事研究的经历，使潘国骏在管理中带有学者思维，他更愿意将公司打造成一个供员工学习成长的平台。在做项目过程中，他会把自己的经验和知识分享给员工，相较于上下级，他和员工之间更像是师生关系。

得益于对市场的精准判断，南京合巨药业以氟代环丙烷类新型药用小分子的设计与合成为切入点，迅速突围，在市场中站稳脚跟。至今，公司已开发出环丙烷类、桥环类等多个系列的优势产品，和国内外60多家贸易商、制药公司、科研院所建立了业务往来。

现如今，南京合巨药业已经实现盈利，完成了产业化的准备阶段。这个时候，潘国骏心中有了一个更大的目标。

实现新药研发未来蓝图

在医药行业，药物中间体合成的最终目的是为新药合成提供半成品。如果说中间体研发是药物合成的骨干产业，那么新药研发则是医药发展的创新之源，这也是潘国骏对南京合巨发展的最终设想，"我们最终的目的还是想做自己的创新药，所以也会慢慢开展仿制药和新药的研发业务。"

新药研发是一个困难且漫长的过程，高昂的科研成本以及动辄十几年的实验过程使得具备新药研发能力的企业凤毛麟角。但对于潘国骏来说，尽管任重道远，却是他一直想做的事情。"目前还有很多病患因为没有特效药，处在痛苦之中，让他们正常健康地生活，是我们前进的动力和方向。"

从毕业到就业，再到创业的这条路，潘国骏一直都挺顺利，相比其他仍在寻求突破的创业者，他觉得自己最大的优势在于选择和坚持。

大到发展方向，小到岗位员工，任何选择都会对企业产生影响。作为企业掌舵人，能权衡利弊，结合现实情况做出判断，是企业良性运行的关键。除了选择之外，坚持也很重要。当前的政策和环境确实有利于创业者，但更重要的是脚踏实地，一步一个脚印，对员工负责，更要对自己负责。

十年科研，三年创业，潘国骏仍在路上，向着下一个目标砥砺前行。

本篇作者 刑志雨

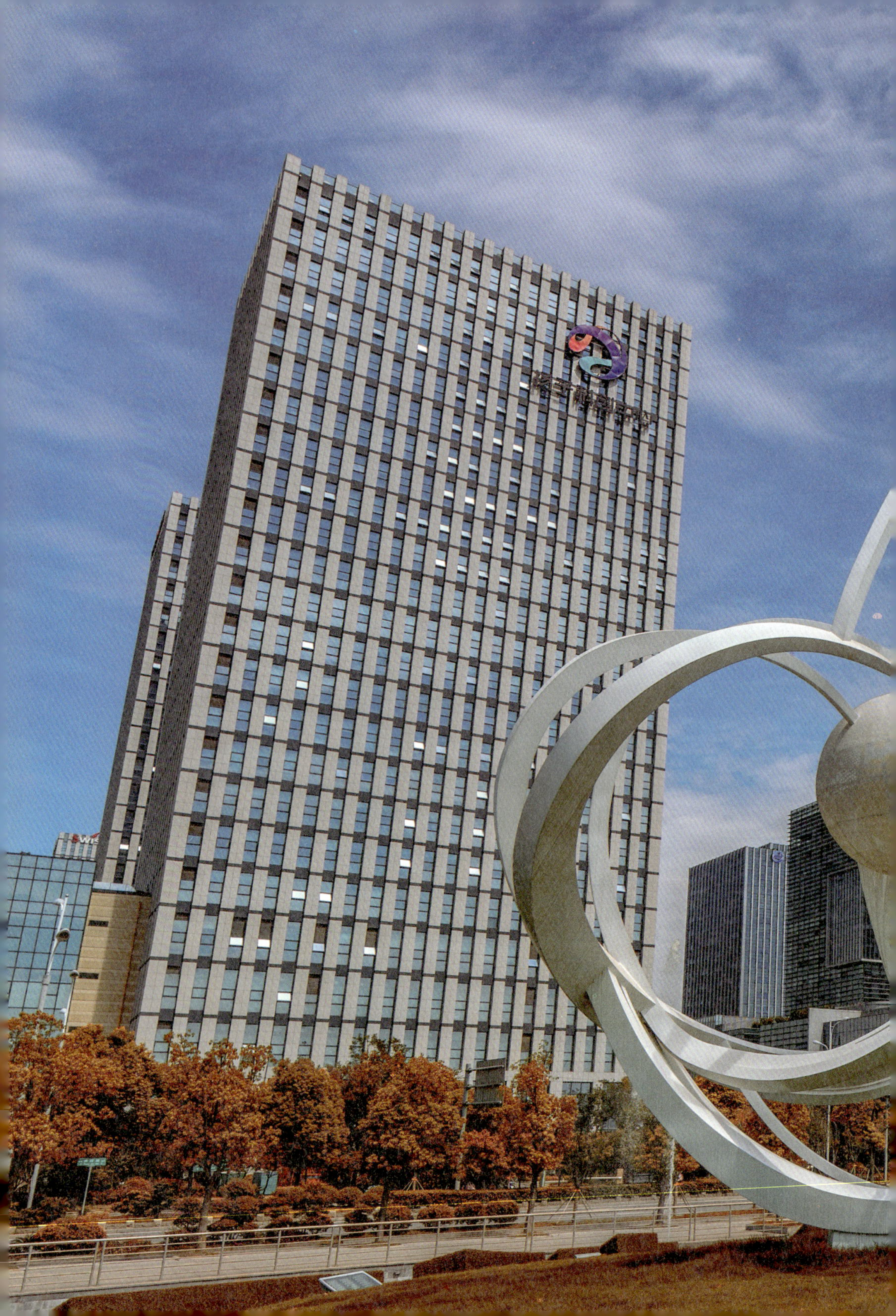

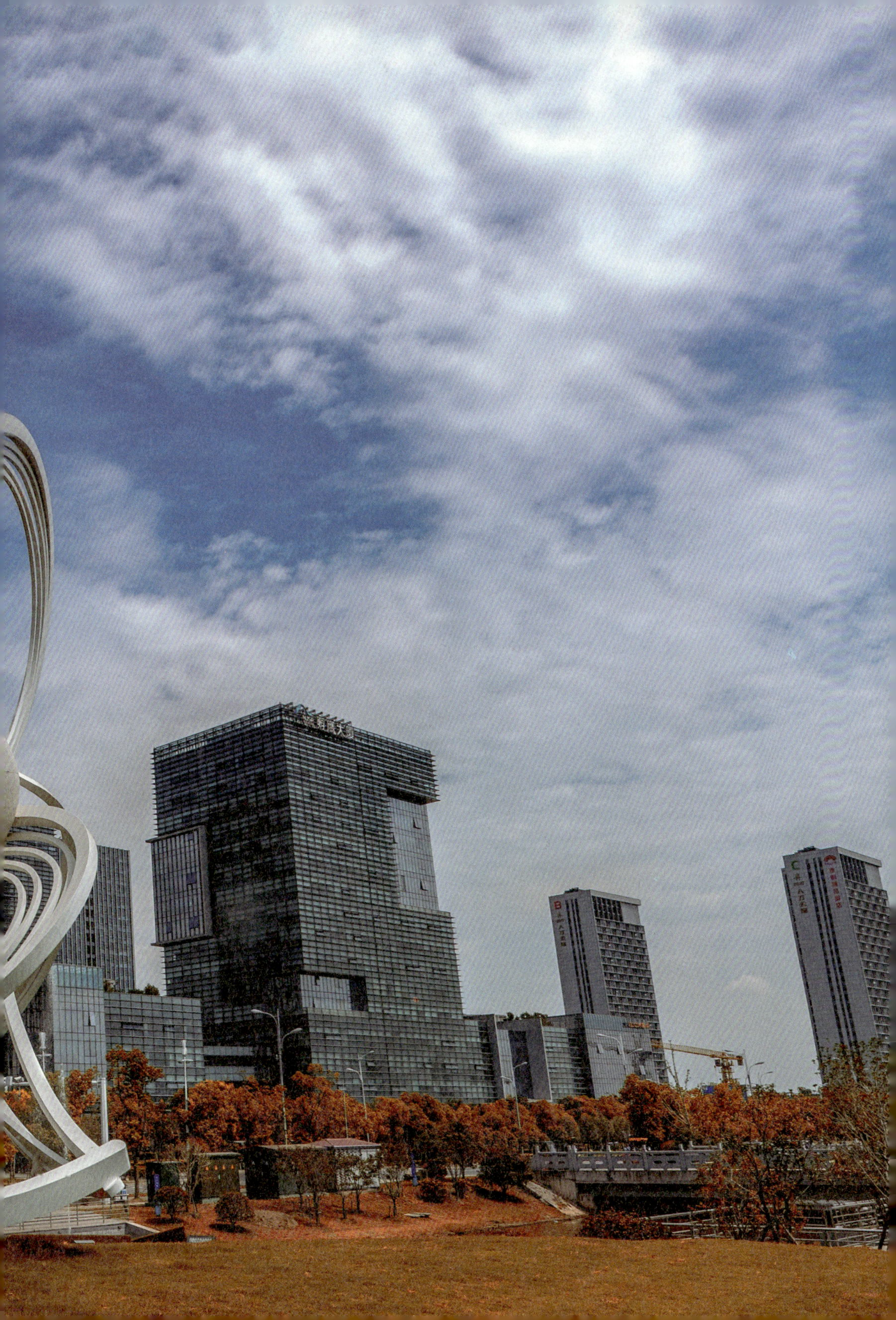

唯专研方能行稳致远

南京鼓楼医院
肿瘤中心主任 **刘宝瑞**

【不论是医学者还是创业者,都需要谦虚学习,拥有开阔的视野,持久专研一件事,这样才能行稳致远。】

肿瘤是目前世界上尚未攻破的危及人类生命最严重的疾病之一。在科学技术相对发达的当下，肿瘤精准治疗技术被提上日程，成为各个医院肿瘤科、医学研究中心日常临床实践的重要内容。

在高通量基因测序的背景下，个体化定制治疗方案也成为可能，肿瘤诊疗智能化、精准化逐步发展成熟。

刘宝瑞教授，作为一名从事肿瘤临床诊治的专家，所在的南京大学医学院附属鼓楼医院在肿瘤的精准治疗领域取得了显著的成绩。由刘宝瑞教授主导开展的肿瘤个体化治疗系列研究，为提高肿瘤化疗效果提供了科学的依据，推动了个体化治疗理念在中国肿瘤学科的普及与传播。

攻破未知恐惧，将梦想变成职业

初中因父亲患病，他第一次接触到肿瘤疾病，感受到全家挥散不去的阴霾。年少的刘宝瑞面对未知的恐惧，决心要学医救人。

怀抱梦想就有无限的动力，刘宝瑞学习成绩名列前茅，一路披荆斩棘进入第四军医大学，接受本科硕士和博士完整的医学教育培训，师从中国著名消化道肿瘤专家张学庸教授。

"我很幸运，因为从我决心学医伊始我就想从事肿瘤学科，攻克癌症疾病难题，"刘宝瑞说，"我的导师就是胃癌方面的科学家。"

于学问接受品牌高校系统熏陶，于做人做事耳濡目染导师风范。刘宝瑞没有辜负自己的追求，也没有辜负对他寄托期望的人，成为第四军医大学最年轻的副教授之一。对于学识，刘宝瑞有更高的追求，为了与时俱进更多地学习国际肿瘤学科技术，他出发前往美国M.D.Anderson癌症中心从事博士后研究工作，随后出版了第一部肿瘤学专著。

"那时每天泡在图书馆和研究所，累了就走出室外看看异国他乡的风景，跳一跳舒展筋骨后继续回去学习，仿佛有用不完的劲。"时刻不忘回国当个好大夫，刘宝瑞回到国内，继续圆年少时的梦——投身医学，坚定临床肿瘤医疗工作。

一名优秀的临床医学科学家，思考的脚步永不止步。刘宝瑞从事恶性肿瘤综合治疗的临床工作33年，带领团队建立多项治疗新技术，为无数病人提供了优质肿瘤医疗服务。

执着研究，创新职业生涯

把肿瘤学科做大、做精，惠及更多病人，这是刘宝瑞一直追求的目标。

刘宝瑞申请做博士生导师目的也很明确，为实现"做大做精"的目标，他需要一个优秀的医生团队。

"肿瘤诊疗，说简单是因为治疗手段不多，说复杂是因为病症仍是世界未攻破的疾病，"刘宝瑞谈及此事就很严肃，"中国是世界上最多肿瘤病患的国家，但从事临床肿瘤研究的人不算很多。"

通过医教研紧密结合，经验丰富的刘宝瑞毫无保留地带出一支优秀的肿瘤学科医疗团队：肿瘤医生60%达到博士学历，建立了一系列特色临床技术，并在国内率先倡导肿瘤个体化医疗新模式。

洋学中用，刘宝瑞的医学目光极具前瞻格局，带领团队率先对胃癌病人肿瘤组织做特定基因检测，选择性用化疗药物；建立个体化纳米药物克服耐药障碍的新技术、新思维；不断总结临床经验，大胆提出胃癌从治疗角度审视应该被当作区域性疾病的设想；并建立了一套提高疗效的三途径给药新模式，肿瘤治疗效果显著提高。团队多年辛苦探索，使得肿瘤医治疗效得到了质的提升，还建立了普适性肿瘤特性免疫治疗新方法。

"我们不以文章论成败，虽然也发表系列高水平科学论文，但更注重解决临床实践中肿瘤治疗的难题。科学技术难题要做国际国内交流与分享，我们医学研究也需要紧跟时代发展的脚步。"

在高通量基因测序、大数据生物信息学分析的领域，刘宝瑞倡导科研与技术创新，赋予肿瘤新技术发展的新机遇。无论是伴随高通量基因测序而衍生出来的关于抗原的新认知，还是布局个体化疫苗，建立方法学，优化筛选承载体等技术创新，刘宝瑞谨慎前进，继续实体肿瘤医疗的探索性临床研究，为常规治疗无效的恶性肿瘤开辟新路径，创造"治愈"奇迹的最大可能性。

踏入医学大门就要养成执着、拼搏、务实的职业素养，刘宝瑞认为不论是医学者或是创业者，都需要谦虚学习，拥有开阔的视野，持久专研一件事。

执着目标，胸怀广阔，坐得住冷板凳，终有繁花盛开的一天。

本篇作者　莫敏玉

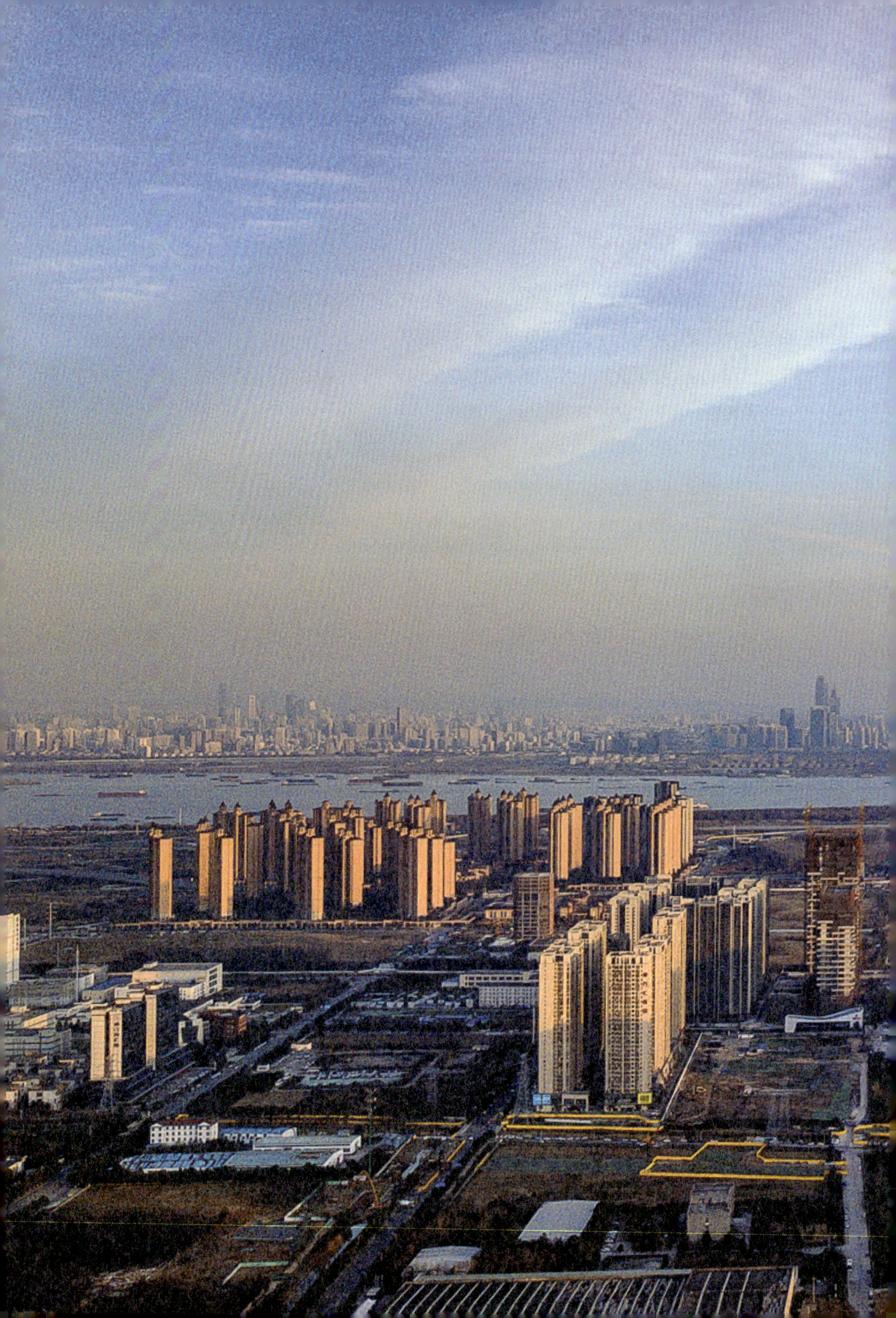

本书鸣谢

南京江北新区产业技术研创园

及以下机构和企业大力支持（排名不分先后）

江苏集萃智能制造技术研究所有限公司	江苏长三角智慧水务研究院有限公司
基蛋生物科技股份有限公司	焦点教育科技有限公司
南京芯驰半导体科技有限公司	新一站保险网
江苏知途教育科技有限公司	南京松果网络科技有限公司
南京东屋电气有限公司	南京懂玫驱动技术有限公司
南京初芯集成电路有限公司	英士博集团
创意电子（南京）有限公司	北京航空航天大学计算机学院
品生医学集团	南京芯视界微电子科技有限公司
南京集成电路培训基地	南京嘉翼数字化增材技术研究院
南京迷你硅谷创新集团	安元科技有限公司
南京银行	南京吉讷泰网络科技有限公司
南京芯视元电子有限公司	南京中感微电子有限公司
南京壹证通信息科技有限公司	南京楚航科技有限公司
南京微纳科技研究院	江苏鸿程大数据技术与应用研究院
南京智能制造软件新技术研究院	江苏集萃新型药物制剂技术研究所
江苏瑞银产业集团	南京齐芯半导体有限公司
兰璞资本	江苏集萃药康生物科技股份有限公司
龙芯中科技术股份有限公司	上海南方基因科技有限公司
南京大麦传媒科技有限公司	南京医基云医疗数据研究院
南京天加环境科技有限公司	南京合巨药业有限公司
同城票据网	南京鼓楼医院
含元资本	

图书在版编目（CIP）数据

创想者 / 创想 THINK 编 . — 南京：江苏凤凰文艺出版社，2021.6
ISBN 978-7-5594-5847-6

I. ①创… II. ①创… III. ①散文集 – 中国 – 当代
IV. ① I267

中国版本图书馆 CIP 数据核字 (2021) 第 072597 号

创想者

创想 THINK 编

出　　品	凤凰创想　南京江北新区产业技术研创园
策　　划	夏婷婷
统　　筹	郑格格
撰　　稿	小魁　刑志雨　刘玥　郑格格　莫敏玉　顾明敏　（人名按姓氏笔划排序）
责任编辑	姜业雨
特约编辑	蓼蓝
助理编辑	张婷
图片提供	陆建华　刘晓明　朱琛
出版发行	江苏凤凰文艺出版社
	南京市中央路 165 号，邮编：210009
网　　址	http://www.jswenyi.com
印　　刷	深圳市国际彩印有限公司
开　　本	718 毫米 ×1000 毫米　1/16
印　　张	15.5
字　　数	150 千字
版　　次	2021 年 6 月第 1 版
印　　次	2021 年 6 月第 1 次印刷
标准书号	ISBN 978-7-5594-5847-6
定　　价	68.00 元

江苏凤凰文艺版图书凡印刷、装订错误，可向出版社调换，联系电话 025-83280257